POTENTIAL 포텐 8

김민수 장편소설

초판 1쇄 찍은 날 | 2017년 6월 23일
초판 1쇄 펴낸 날 | 2017년 6월 30일

지은이 | 김민수
펴낸이 | 예경원

기획 | 위시북스
편집책임 | 박우진
편집 | 이즈플러스

펴낸곳 | 예원북스
등록번호 | 제396-2012-000132호
등록일자 | 2012. 7. 25
KFN | 제1-119호

주소 | 경기도 고양시 일산동구 호수로 646-24 위너스21Ⅱ빌딩 206A호 (우)10401
전화 | 031-819-9431 팩스 | 031-817-9432
E-mail | yewonbooks@naver.com

ⓒ김민수, 2016

ISBN 979-11-6098-317-3 04810
       979-11-5845-360-2 (set)

POTENTIAL

포덴

8

김민수 장편소설

WISHBOOKS MODERN FANTASY STORY

Wish Books

CONTENTS

POTENTIAL
포텐

43.
M 아이덴티티 (2)

AM 10:05. 취리히, 호텔 '뒤 테아트르'.

타다닥.

민호는 숨을 헐떡이며 호텔 안쪽으로 뛰어들었다. 고개를 두리번거리다 라운지에 앉아 있는 서은하를 발견했다.

"은하 씨!"

파스텔 톤의 블라우스에 하늘거리는 치마를 입은, 한눈에 봐도 곱게 차려입은 서은하가 고개를 돌렸다.

그녀 앞에 선 민호가 거칠게 숨을 몰아쉬었다.

"미안요. 많이 기다렸죠?"

"방금 나왔어요. 천천히 오셔도 되는데."

"이 정도야 뭐, 아침운동 삼아…… 후우, 후우."

급하게 말을 하느라 잠시 호흡을 가다듬던 민호에게 서은
하는 그녀가 마시고 있던 오렌지 주스를 내밀었다.

"자요. 목 좀 축여요."

"아, 고마워요."

빨대에 입을 대고 쭉 빨아 마시던 민호는 뭔가 너무 자연
스러워 이것이 그녀가 입을 댄 것임을 뒤늦게 깨달았다.

"으, 은하 씨. 이거⋯⋯."

"왜요?"

주스의 나머지를 깔끔하게 비우는 서은하를 보며, 민호는
생각했다. 그렇다. 이런 건 이제 부끄러워할 사이가 아닌 것
이다.

"⋯⋯맛있네요."

"신선하죠? 오렌지 직접 짜는 거 봤어요."

빈 용기를 테이블에 올려놓은 서은하가 미소 지었다.

민호는 혹시 몰라 주위를 돌아보았으나 리키 한 실장과 공
매니저는 보이지 않아 안도의 한숨을 쉬었다.

서은하가 그녀의 가방을 어깨에 메고 일어섰다.

"갈까요, 민호 씨? 린덴호프 공원 언덕에서 구시가지가 잘
보인데요."

"그래요?"

"그럼요. 공부 싹 끝냈으니 뭐든 물어봐요."

서은하는 '스위스 자유여행 퍼펙트 가이드 북'이라는 책을 흔들어 보이며 자기만 믿으라는 표정을 지었다. 그 표정이 심히 귀여워 민호는 그도 모르게 웃음을 머금고 그녀의 뒤를 따랐다.

호텔을 나선 두 사람은 트램이 지나는 삼거리를 벗어나 공원으로 가는 언덕길에 올랐다. 서은하가 라임나무가 늘어선 돌담길을 구경하며 말했다.

"여긴 번화한 거 같은데도 차분한 느낌이 들어요. 건물도 아담하고."

"이 동네는 규제가 있거든요. 5층 이상으로 건물을 못 올리는. 중심가를 좀 벗어나면 전망이 탁 트인 레스토랑이 있죠."

"어? 민호 씨도 공부했어요?"

민호는 실제 이 동네에서 정보수집 활동을 했던 손거울의 영향 때문임을 깨닫고 헛기침을 했다.

"조, 조금 찾아봤어요."

"민호 씨가 조금이면 그건 완벽한 거잖아요."

"정말 조금이라니까요."

"그럼 저기 보이는 성당 이름이 뭐예요?"

"어디요? 그로스뮌스터밖에 안 보이는⋯⋯."

"히잉, 거봐요. 잠도 못 자고 읽었는데."

별다른 대화 주제도 아니건만 선선한 공기를 마시며 산책하듯 걷는 이 시간이 마냥 즐거웠다.

15분 후.

민호와 서은하가 언덕 위의 공원에 도착했다. 마침내 펼쳐진 취리히의 모습에 두 사람은 잠시 대화를 멈췄다.

도시 중심부를 흐르는 맑은 강물 옆으로 쭉 이어진 구 시가지의 좁은 골목들은 복잡한 세상을 벗어나 잠시나마 동화 속으로 빠져든 느낌을 들게 했다.

천천히 고개를 돌리던 민호는 옆에서 자신과 똑같은 생각으로 구경 중인 것이 분명한 서은하의 기분 좋은 얼굴에 시선이 머물렀다.

동화 속 풍경 속에 동화 속 공주님 같은 모습.

'이럴 게 아니지.'

삑.

민호가 셀캠을 꺼내 서은하를 촬영했다.

"안녕하세요, 서은하 씨."

"아, 안녕하세요~"

반사적으로 손을 흔들던 서은하가 입을 가리고 물었다.

"근데 민호 씨 팬 미팅 카메라에 제가 너무 많이 등장하는 거 아니에요?"

"나중에 적당히 편집하면 돼요. 그건 걱정하지 말고, 여기가 어딘지 은하 씨가 좀 소개해 줘요."

"제가요?"

"잠도 못 자고 외웠다는 소문을 들었어요."

민호의 농담에 서은하가 볼을 부풀렸다. 그녀는 피식 웃더니 언덕 아래를 향해 팔을 뻗었다.

"보이시나요? 여기는 린덴호프랍니다. 취리히의 구시가지와 시청사, 그 유명한 아인슈타인이 나온 스위스 연방 공대를 한눈에 볼 수 있는 장소죠."

민호의 셀캠이 도시를 한번 훑었다.

하늘의 색을 고스란히 품고 있는 리마트 강은 가슴을 뻥뚫어줄 정도로 시원해 보였다.

잔잔한 물 위를 한가롭게 떠다니는 백조의 모습, 강변길을 따라 남쪽 끝에는 서로 어깨를 맞대고 발을 담그고 싶어질 만큼 낭만을 불러일으키는 넓은 호수도 자리해 있었다.

"설명 좋네요."

"치. 민호 씨는 더 잘 알면서."

민호는 깔끔히 도시 소개를 끝마친 서은하에게 엄지를 들어 보였다. 그렇게 셀캠을 종료하려던 찰나, 민호는 화면 속에 어딘지 익숙한 얼굴 하나가 잡혔다가 사라진 것을 발견하고 눈을 돌렸다.

'응?'

돌담길 틈으로 휙 하고 사라지는 레인코트의 뒷모습. 설마 하는 표정으로 셀캠을 조작해 방금 촬영한 장면을 되돌려 보았다.

정지 버튼을 누르자 아까 리엔하르트 은행을 나서며 마주쳤던 키 큰 사내의 얼굴이 확연히 보였다. 명백히 자신 쪽을 주시하고 있는 눈길이었다.

'미행?'

서은하가 공원의 벤치를 가리켰다.

"민호 씨, 저기 잠깐 앉아 있을까요?"

민호는 고개를 끄덕이며 점자시계를 터치했다. 한적한 한때를 보내고 있는 사람들의 소리 틈에서 레인코트의 사내가 있을 돌담길 쪽에 귀를 기울여 보았다.

─……네. 현재 애인으로 보이는 여성과 관광 중으로 보입니다. 특별히 의심이 가는 구석은 없으며…….

안주머니에서 손거울을 꺼내 슬쩍 뒤를 비췄다. 레인코트의 사내는 상관과 통화하느라 골목에 몸을 숨긴 상태였다.

─정체는 아직 파악 못 했습니다. 금고에서 해독 불가능한 문서가 나온 이상 단서가 될 만한 사람은 전부 조사해야 하지 않겠습니까?

가만히 엿듣던 민호는 상대가 은행을 나선 자신의 모습이 수상해 보여 따라왔다는 것을 알 수 있었다.

VIP 보관소에서 나온 데다가 은행 입구에서 갑자기 뛰어 가 버리기까지 했으니까. 황금사자상이 담긴 007스러운 가 방은 그 의심을 더욱 부추겼고.

'군인 출신의 스위스 공무원이라고 했지?'

저절로 떠올랐던 손거울의 분석 정보는 지금 이 상황을 예 견한 것인지도 몰랐다.

─네, 국장님. 강제검문이라도 해서 단서가 있다면 확실히 밝혀 놓겠습니다. 관광객이라면 기념품 하나 쥐어주면 될 일 아닙니까? 이 건은 제가 마무리하겠습니다.

'강제검문?'

상대가 난데없이 언급한 단어에 민호는 옆에서 여행 책자 를 살펴보고 있는 서은하에게 시선이 머물렀다.

"왜요, 민호 씨?"

"아니에요. 뭘 보나 싶어서요."

"취리히는 민호 씨가 다 알고 있어서 인터라켄 정보 읽고 있어요."

단지 정보요원의 유품을 얻기 위해 은행에서 벌인 일로 괜 히 서은하까지 휘말리게 둘 수는 없었다. 방법을 찾아 고민 하던 중, 민호의 생각을 읽었는지 손거울 속에 환영이 나타 났다.

'아까 그 문서 무슨 내용이었어요? 생화학무기 은닉 좌표?

핵잠수함 미사일 발사 코드?'

밝혀지면 수백만 시민의 목숨이 왔다 갔다 할 엄청난 정보가 아니냐는 민호의 생각에 환영이 입을 떡 벌렸다. 그리고 고개를 절레절레 흔들었다.

곧바로 장면 하나를 보여줬는데, 누군가 돈 가방을 받는 현장을 몰래 찍고 있는 사내의 모습이었다. 문서는 저 돈의 입금 내역과 자금 흐름에 대한 정보를 담고 있었다.

'정치인 비리 같은 거군요.'

총성 없는 정보전쟁을 벌이는 요즘 스파이의 세계는 영화처럼 그리 매력적이지 않았다. 이런 생각하기는 뭣하지만, 한국에서는 너무 자주 일어나는 일이었기에 민호는 도리어 마음이 놓였다.

'이런 미행 많이 당해보셨을 것 같은데, 저 레인코트 입은 사람 어떻게 대해야 한다고 생각하세요?'

환영은 손을 들어 사내가 숨어 있는 장소를 가리켰다. 의혹에서 비롯된 오해는 깊어지기 전에 푸는 것이 낫다는 의미 같아 민호도 결심을 굳혔다.

"은하 씨, 화장실 좀 다녀올게요."

자리에서 일어난 민호가 구시가지의 골목 쪽으로 걸어 들어갔다.

AM 10:35. 취리히, 구시가지.

『실례합니다.』

민호는 좁은 돌담길 옆에 숨어 막 통화를 끝마친 레인코트의 사내에게 꾸벅 인사했다.

『드릴 말씀이 있는데요.』

"……."

미행하던 대상이 갑자기 눈앞에 들이닥치자 레인코트의 사내는 소스라치게 놀라 코트 안쪽의 권총집에서 총을 뽑아 겨누려 했다.

찌릿.

실제 권총의 위협이 민호의 신경을 강하게 자극했다. 그 때문에 민호가 생각하고 반응하는 것보다 반지에 깃든 요원의 본능이 훨씬 빨리 발동했다.

상대가 채 조준을 끝마치기도 전에 뻗어 나간 민호의 손이 상대의 손등을 밀어 총구의 방향을 흐트러뜨렸다. 움찔 놀란 상대가 반대쪽 주먹을 찌르려는 순간, 번개같이 몸을 낮춘 민호가 어깨를 들이밀었다.

터엉, 하는 소리와 함께 상대의 중심이 흐트러졌다.

민호는 충격을 받아 돌담 쪽으로 비틀거리는 상대에게서 가볍게 권총을 빼앗아 들었다. 순간, 주인이 뒤바뀐 권총이 휘릭~ 방향을 바꿔 상대의 미간을 겨눴다. 레인코트의 사내는 혼비백산 양팔을 치켜들었다.

"어라?"

1초 만에 종결되어 버린 상황. 민호는 권총 사격 자세를 익숙하게 잡고 있는 자신을 보며 잠시 할 말을 잃었다.

『저기요…….』

『난 법무경찰부 방첩과의 알폰스 슈룸프다. 날 건드리면 너도 무사하긴 힘들걸?』

알폰스는 잔뜩 긴장한 눈으로 민호를 직시했다. 민호는 방첩과라는 말에 상대의 소속이 한국의 기무사 같은 곳임을 직감했다.

『진정하세요. 저는 그쪽이 품고 있는 오해를 풀려고 온 것 뿐이에요. 갑자기 총을 꺼내시는 바람에…… 하하.』

45구경 권총을 얼떨결에 손에 쥐게 된 민호는 멋쩍게 웃었다. 탄창을 빼버리고 슬라이드를 당겨 분해한 뒤, 무력화된 권총세트를 도로 내밀었다.

『자요.』

'뭐지?' 하는 눈길이 된 알폰스가 주춤주춤 총을 받아 들었다. 민호가 두 손바닥을 드러낸 채로 서서히 거리를 벌리자 알폰스는 그제야 조금이나마 경계를 푼 기색으로 물었다.

『당신 어느 기관 소속이지?』

『그냥 대한민국의 평범한 남자예요.』

민호가 여권을 꺼내 알폰스에게 던졌다.

알폰스는 꼼꼼히 여권을 체크하며 눈으로 쫓기도 어려웠던 민호의 움직임을 떠올렸다.

서로 짜고 근접 교전술 시범을 보인 것이라 치부할 만큼 깔끔하게 당했다. 아무리 퇴역군인이라 해도 자신을 손쉽게 제압할 수 있는 무리는 하나뿐이었다.

『한국 정보기관의 요원인가?』

『아니요.』

『특수부대?』

『대한민국 예비군입니다.』

『역시 군인이란 소리군.』

『그런 게 아니라!』

빠직하는 소리가 골을 강타하는 기분이었다. 민호는 그럼에도 침착하게 설명을 시작했다.

『직업을 따지자면 연예인이에요. 한국에 제가 소속되어 있는 회사가 있어요. 'KG엔터테이먼트'라고. 연락해 보시면 바로 신원확인 가능해요.』

『KG? KGB의 위장 회사인가? 한국이 아니라 소련 쪽 요원?』

『그, 그게 왜 그렇게…….』

『아아. 이해했어. 난 각국의 요원들만 수십 년 상대해 왔어. 요원이 자기 입으로 요원이라 밝히는 것도 이상하지. 위 장신분은 굳이 댈 필요 없어.』

알폰스가 정색하고 말했다.

『이제 본론을 말해 보시지.』

'지금까지 말한 게 본론입니다.'

관료주의에 찌든 융통성 제로의 공무원. 민호는 퍼뜩 손거울의 분석이 떠올라 그 정확도에 감탄하고 말았다.

손거울을 슬쩍 들여다보니 환영도 고개를 좌우로 흔들며 '노답'이라는 표정을 지었다.

'어쩌죠?'

환영이 한 손에 난수표를 꺼내 들었다. 그리고 그것을 알폰스에게 넘겨주는 동작을 보였다. 기왕 이리된 거 문제의 발단을 깔끔하게 해결하라는 듯한 조언 같았다.

저쪽에서 알아서 요원이니 뭐니 대단한 신분이라 착각해 주고 있는 이상, 다른 말이 씨알도 먹히지 않으리란 것은 불 보듯 뻔했다.

펜타스톰에서도 전략이 애매한 상황에서는 과감하게 블러핑을 하는 경우가 있다. 앞마당을 먹을 것처럼 느긋한 척을 하다가 전 병력을 이끌고 러쉬를 감행하는.

여기서 필요한 것은 선수를 치되 실패를 두려워하지 않는 것이었다.

'에라, 나도 모르겠다!'

민호의 생각을 이해한 환영이 손을 내밀었다. 아까처럼 손을 대보라는 의미였기에 민호도 거울의 표면에 손을 가져갔다.

따뜻한 기운이 느껴지며 정보요원의 지식이 삽시간에 머릿속으로 밀려들었다.

『좋아요, 알폰스 씨.』

민호는 눈 딱 감고 입을 열었다.

『비밀을 엄수해 주시면 그쪽이 원하는 걸 드리겠습니다.』

분위기를 잔뜩 잡고 요원의 심각한 톤을 흉내 내는 것은 반지 덕분에 그렇게 어렵지 않았다.

『내가 원하는 게 뭔지 어떻게 알지?』

『제가 나왔던 은행에서 문서 하나 얻으셨죠? 해독할 수 있는 난수표가 필요하실 겁니다.』

알폰스의 안색이 급변했다.

『하, 한국의 기관이 우리 통신을 감청할 정도로 실력이 좋았어?』

『세계 유일의 분단국가. 지금도 소리 없는 전쟁을 하고 있는 나라를 모르십니까? 여기 은행에 북한 자금도 꽤 숨겨져 있을 텐데.』

놀란 알폰스에게 민호는 담담히 말했다.

『휴대폰 줘보십시오.』

『왜?』

『난수표 필요 없어요? 그러면 저 갑니다.』

『아, 아니! 여기!』

민호는 알폰스의 휴대폰 메모장에 손거울이 알려준 지식을 그대로 옮겨 적었다.

『됐습니다.』

『기다려 봐.』

알폰스는 문자와 함께 상부에 보고를 올렸다. 30초 후. 알폰스의 휴대폰이 울렸다.

『네, 국장님. 마, 맞아요, 그게?』

눈이 휘둥그레진 알폰스가 민호를 바라봤다. 방첩부의 분석 전문가도 난색을 표하던 암호를 아무렇지 않게 알려주다니.

통화를 끝낸 알폰스가 민호를 쳐다보며 물었다.

『한국 기관이 어떻게 이 일에……. 금고 주인과 무슨 관계지?』

『정말 얘기해 드립니까? 그 사실을 알고 있는 외부인 중에 아직 살아 있는 사람이 없는데.』

이건 사실이었다. 전부 다 말하지 않았을 뿐.

섬뜩할 수밖에 없는 민호의 대꾸에 알폰스는 입을 꾹 다물었다.

『다 끝났으니 이제 따라오지 마십시오. 이건 통보가 아니라 경고입니다.』

『기다려. 그쪽과 재접선하려면 어찌해야 할지를 알려줘.』

『불가능합니다. 혹시 필요하다면 이쪽에서 연락드리죠.』

민호는 등을 돌려 골목을 떠났다. 점자시계를 터치해 알폰스의 동향에 귀를 기울였다. 자신 쪽이 아닌 반대쪽으로 걸어가는 소리가 들렸다.

'휴, 귀찮은 사태는 넘겼어.'

스위스의 방첩과가 하는 일은 각국의 정보요원들을 색출하고 쫓아내는 것이 아니었다. 스위스가 세계 최고의 금융 인프라를 구축하고 있었던 비결이 있다면 그건 바로 절대중립, 어떤 국가와도 적대적이 되지 않는 행위였다.

방첩과는 분쟁거리가 될 만한 정보가 담긴 문서를 사전에 입수해 분쟁을 차단한다. 그리고 각국 요원들 사이의 긴장감 해소에 힘쓴다.

아직 손거울이 공유해 주었던 지식의 여운이 남아 있기에 민호는 이것만큼은 확신했다.

인터라켄행 열차 시간까지는 이제 1시간여 남았다. 손거울의 주인이 가진 원만 해결해 주면 취리히도 안녕이었다.

'설마 또 무슨 일 있겠어?'

AM 11:05. 취리히, 중앙역 입구.

린덴호프 언덕에서 중세풍의 자갈길을 따라 언덕을 내려가던 민호가 서은하에게 물었다.

"은하 씨, 혹시 오늘 화보 촬영 일정이 어떻게 되는지 알아요? 아침에 공 매니저님도 안 보고 바로 나와서 못 들었어요."

"실내 촬영은 인터라켄 도착해서 바로 시작하고, 내일 아침 일찍 산에 올라가서 설원을 배경으로 찍는대요. 만년설 있는 곳에서요. 민호 씨도 융프라우 알죠?"

"전혀 몰라요."

"정말?"

"정말요."

취리히도 모른다고 했잖아요, 하고 지긋이 쳐다보는 그녀에게 민호는 손바닥을 들어 맹세한다는 표정을 지어 보였다.

"엣헴~ 그럼 아까 공원에서 공부한 것 좀 얘기해 줄까요?"

"부탁합니다, 서은하 가이드님."

"후후."

그녀의 상냥한 목소리를 통해 듣는 '유럽의 지붕'에 관련된 설명은 그 어떤 가이드의 이야기보다 귀에 쏙쏙 들어와 박혔다.

"참, 거기에 세상에서 가장 높은 장소에 있는 우체국 있는 거 알아요? 우리 촬영 끝나고 그곳에서 엽서 한 장 써 봐요.
쓸 시간이 있을지는 모르겠지만요."

민호는 왜 한국의 동계올림픽 유치를 위한 최종 브리핑을
세계인이 사랑하는 피겨 퀸 김연아가 했는지 조금은 알 것
같은 심정이 됐다.

팥으로 메주를 쑨대도 그렇구나 하고 고개만 끄덕일 텐데
차근차근 말도 조리 있게 잘했다. 거기에 아름답기까지…….

"……민호 씨?"

잠시 서은하의 얼굴에 정신이 팔려 있던 민호가 퍼뜩 정신
을 차리고 말했다.

"엽서요? 제가 포즈 잘 잡아서 촬영 시간 단축해 볼게요.
가을 화보 때보다는 많이 익숙해졌으니까."

몇 달 전의 촬영을 떠올린 서은하가 풋 웃었다.

"왜 웃어요?"

"그때 민호 씨가 제 쪽으로 눈도 잘 못 돌린 게 기억나
서요."

"제가요?"

"팔짱 끼면 움찔움찔 놀라고."

"바보 같았겠구나."

"아뇨, 긴장한 게 귀여웠어요."

"지금은 잘 돌립니다. 하나도 긴장 안 해요."

"어디~"

서은하가 고개를 쭉 내밀고 민호의 코앞에서 눈을 마주쳐 왔다. 구시가지의 끝, 취리히 중앙역이 보이는 소박한 거리 위에서 두 사람은 한동안 시선을 주고받았다.

민호는 당당하게 그녀를 바라보면서도 그때나 지금이나 예쁘게 반짝거리는 눈동자를 보며 심장이 두근거리는 것을 느꼈다.

그렇다. 그때도 이래서 잔뜩 긴장했었다.

"은하 씨, 우리 왜 갑자기 눈싸움을 하는 거죠?"

"그러게요."

미소를 지으며 고개를 돌린 서은하가 중앙역을 가리켰다.

"벌써 다 왔어요. 취리히도 이제 안녕이네."

대로 건너편으로 이동해 역 앞에 선 민호는 슬슬 손거울의 원을 들어줄 시기가 왔음을 깨달았다.

'이 유품 능력이 뭘까?'

계속해서 정보요원의 지식만을 빌려 쓴 터라 아직은 오리 무중이었다.

민호는 아침부터 지금껏 내내 빛이 어려 있던 반지에 시선이 머물렀다. 여태껏 유품과 애장품이 서로 시너지를 일으키는 것은 경험해 봤어도 유품끼리만의 효과는 경험해 본 적이 없었다.

'둘이 합쳐지면 나타나는 효과도 궁금해.'

반지의 주인이 적극적으로 임무 수행을 하던 현장요원 스타일이라면, 손거울의 주인은 스리슬쩍 위장한 채 정찰 활동을 하던 정보요원이었다.

"민호 씨."

휴대폰을 확인한 서은하가 말했다.

"공 매니저님 대합실 쪽에 있다는 문자가 왔어요."

"저는 잠깐만 일 좀 보고 갈게요."

"일이요?"

"금방 끝날 거예요."

서은하는 무슨 일인지 묻지 않고 고개만 끄덕였다.

"늦지 않게 와요, 민호 씨."

"네."

그녀가 대합실 이정표를 따라 안으로 걸어 들어갔다.

민호는 유럽 최대의 쇼핑센터가 자리한 거대한 역 앞에 서서 손거울을 손에 쥐었다.

'이제 원하는 거 하세요.'

손거울 속 환영이 두 손을 마주 잡고 고맙다는 인사를 보내왔다.

그리고……

민호는 손거울에서 퍼져 나온 따뜻한 기운이 온몸으로 퍼지는 것을 느꼈다. 거울 안에만 있던 환영이 실제로 앞으로 걸어 나와 똑같이 움직이기 시작했다.

'그대로 따라가라는 거죠?'

환영이 역 앞의 공중전화에 멈춰 섰다. 민호도 똑같이 멈춰 수화기를 들고 환영이 누르는 번호를 그대로 눌렀다. 삐빅거리는 신호만 들려올 뿐 반응은 없었다.

그렇게 20여 초가 흐른 뒤에 환영이 수화기를 내려놨다.

쥐리히 중앙역에서의 1차 접선 신호를 끝낸 환영은 이번에는 음료수 자판기 앞에 섰다. 돈도 넣지 않은 채로 음료수 버튼을 조합해 누르자 덜컹하고 무언가가 떨어졌다.

민호는 10년도 넘은 저 방식이 지금 먹힐까 반신반의하며 조합을 따라 했다.

덜커덩.

"응?"

떨어져 내린 것은 음료수가 아니었다. 비타민 드링크제가 들어 있을 법한 아무 무늬 없는 병. 민호는 그것을 챙겨 역 안으로 걸어 들어가는 환영을 뒤따랐다.

'아, 여기는?'

처음 환영을 보았을 때 첩보영화 느낌으로 목격했던 그 위치였다. 역 안에서 유일하게 CCTV가 미치지 않는 기둥. 환영은 기둥 옆을 돌아 들어가 착용 중인 옷을 벗어 던지고 방금 챙긴 병을 열어 액체를 얼굴에 뿌렸다.

'오오!'

찰흙을 조물조물하듯 얼굴을 매만지는데 신기하게도 환영의 피부가 그대로 고정됐다. 볼이 좀 더 들어가고 눈가의 주름이 더해지자 전혀 다른 인상의 사람이 나타났다.

'본드 같은 약품인가?'

정확히는 '급속 피부경직제'라는 스파이용품에 관한 정보가 머릿속에 떠올랐다.

민호는 환영의 변장을 지켜보면서 고민에 빠질 수밖에 없었다. 이것이 실제 존재하는 접선절차라면 자신도 정체를 숨겨야 함이 마땅했다.

환영이 기둥에 멈춰 섰다. 따라오길 기다리는 눈치였기에 민호는 고개를 끄덕였다.

'기왕 도와줄 거면 제대로 따라야지.'

역 안의 가방 수납함에 짐을 집어넣고 재킷도 벗었다. 혹시 모를 일에 대비해 애장품 몇 가지는 챙겨 주머니에 넣고 수납함을 닫았다.

쇼핑센터 구간이 있는 곳으로 잠깐 움직여 조금 올드해 보이는 코트와 액세서리들을 구매했다. 다시 기둥 뒤로 돌아와 피부경직제가 담긴 병을 열었다.

톡 쏘는 알콜향이 느껴졌다.

민호는 손이 저절로 움직여 액체를 발라 얼굴 형태를 매만지자 그대로 두었다. 손거울 속에 강민호가 아닌 서른 초반의 낯선 동양인이 자리하자 감탄이 터져 나왔다. 머리도 헝클어 스타일을 바꾸고, 중절모와 선글라스까지 쓰자 누가 봐도 강민호라는 것을 모를 정도가 됐다.

환영이 이동했다.

중앙역 내부의 초대형 홀을 가로질러 카페테리아의 의자에 앉았다. 헤아리기도 어려운 사람들이 지나다니는 장소 한가운데 자리한 접선 장소. 민호는 환영을 따라 의자에 앉으며 이 때문에 오히려 발견하기 쉽지 않으리라는 생각이 들었다.

'가만, 변장은 어느 정도나 유지되는 거지?'

이 생각에 환영이 탁자 위에 물을 찍어 1과 0을 그렸다. 10분이라는 표시.

'접선도 10분 안에 끝난다는 거네요?'

환영이 고개를 끄덕였다. 그리고 탁자 위의 냅킨을 들어 하나는 세모로, 하나는 직사각형으로 접어 한쪽에 올려 두었다.

2차 접선 신호였다.

민호도 냅킨을 접으며 과연 누가 나타날지 기대감에 빠져들었다.

AM 11:08. 중앙역, CIA 위장 작전거점.

폐쇄회로 화면이 한쪽 벽면을 가득 채우고 있는 이곳은 쇼핑상가 지하에 있는 완벽한 밀실이었다.

취리히 지부의 CIA 감청 전문가 데이빗은 접선 프로토콜이 반짝이고 있는 화면을 보며 움찔 놀랐다. 이것은 무려 10년 전에 사라진 특수요원이 사용했던 방식이었다.

위성전화를 손에 쥔 데이빗은 바로 미국의 지부에 연락을 취했다. 신호가 멈추자마자 데이빗이 외쳤다.

-비, 비숍. 비숍이 연락을 취했습니다!

같은 시각. 중앙역, 3번 출구 옆 꽃가게.

화분에 물을 주고 있던 주인은 귓속에 장치된 소형 무전기에서 연락을 받고 창고로 들어갔다. 감청 헤드폰에 귀를 대고 있던 남자가 고개를 돌려 즉시 보고했다.

『CIA 쪽에서 위성전화를 사용한 신호를 포착했습니다. 암호를 분석해 보니 비숍이란 코드명이……..』

『비숍?』

소련 연방정보국, FSB의 위장 요원 안드레이는 기억을 더듬다가 움찔 놀랐다.

『추적해. 오늘 리엔하르트에서 열린 금고가 비숍의 금고라는 말이 있어.』

『저희가 노출될 위험이 있습니다. 이 위성전화. 저희뿐만 아니라 다 들었을 겁니다. CIA요원이 당황했는지 암호 프로토콜을 한 번만 걸었어요.』

다 들었다 함은, 1번 출구 쪽에서 잡지가게를 운영 중인 독일 연방정보부나, 역무원으로 위장 중인 프랑스의 해외안전총국 놈들도 끼어들 수 있다는 말이었다.

게다가, 가장 문제가 되는 건 기본 매너도 모르는 이스라엘 놈들이었다.

『모사드 동향부터 살펴봐.』

AM 11:10. 중앙역. 카페테리아.

의자에 앉아 있던 민호는 선글라스로 가려진 눈을 이리저리 돌리며 역 안을 지나는 수백의 사람들을 살펴보았다. 저 민간인들 틈에서 언제 어디서 접선자가 나타날지 몰랐기에 조금 긴장하고 있었다.

'응? 민간인?'

감쪽같은 변장까지 하고 보니, 괜히 뭐라도 된 것처럼 사람들을 '민간인쯤'이라 여기고 있는 자신을 발견한 민호는 고개를 좌우로 흔들었다.

이건 그저 손거울의 주인이 생전에 미처 하지 못한 것을 대신 이뤄주는 것뿐이었다.

스위스 방첩 공무원 앞에서 비밀요원 행세 좀 했다고 요원병이라도 걸린 것처럼 굴다가는 큰코다칠 위험이 있었다. 실제 요원들은 어떤 살상 무기를 들고 다닐지 모르니까.

'네? 아니라고요?'

환영이 고개를 젓더니 역 곳곳에 자리한 감시카메라를 가리켰다. 10년 전에도 중앙역에는 무기 반입을 막기 위한 엑스레이장치가 가동되고 있었다는 설명이 이어졌다.

'어찌 보면 안전한 접선장소로는 딱이구나, 여기.'

그렇게 상념에 빠져 있던 찰나, 다른 환영 하나가 테이블 건너편에 앉았다.

−오늘은 빨리 왔네, 비숍.

−네이든.

민호는 주변의 전경이 순식간에 10년 전으로 돌아가는 것을 목격했다. 앉아 있는 두 사람도 흐릿한 환영에서 선명한 얼굴로 변해갔다.

손거울의 주인, 비숍이 심각한 얼굴로 물었다.

−얼마나 당했어?

−동유럽에서 활동하던 요원 전부. 명단을 유출한 내부 배신

자는 잡았지만, 취리히 지부를 지원할 여력은 사라졌어. 일단 프랑스 안전가옥으로 피신해 있으라는 지시야.

―미안하지만 이 명령은 거부해야겠어.

―뭐?

―내가 이 거점을 포기하면 작전을 끝내고 집결할 다른 요원들이 위험해져. 당장 러시아에만 다섯이 가 있어.

―기관의 보호가 미치지 않는 정보요원이 무슨 꼴을 당하는지 잘 알잖아. 비숍, 너 한 사람의 가치는 다른 요원에 비할 수가 없어.

민호는 비숍이 타국 기관에 위장이 노출될 위험을 감수하고 다른 동료를 위해 남아 있다 죽었다는 것을 깨달았다.

'비정한 스파이의 세계에도 전우애라는 게 있었구나.'

비숍이 자리에서 일어났다.

―걱정하지 마, 네이든. 정 위험해지면 그 작전을 실행하고 내뺄 테니까.

―작전?

―왜 있잖아, 그 얼굴 바뀌는 영화.

―비숍, 세상에 다른 사람으로 감쪽같이 바꿔주는 기술 같은 건 없어.

―혹시 모르지. 기술이 발전하면 생길지도. 내가 헐리웃 배우가 돼서 나타나도 놀라지나 마셔.

―꼭 살아남아, 비숍.

―넌 운동 좀 해. 배 나왔다.

10년 전의 전경이 다시 현실로 복귀했다.

『비숍?』

동시에 실제 테이블 옆으로 한 사람이 다가왔다.

'드디어.'

고개를 돌린 민호는 순간 놀랐다. 접선자는 비숍의 추억에서 목격한 네이든이 아니었다.

스물 중반의 갈색머리 여성.

컬러렌즈를 낀 것만 같은 푸른 눈동자가 인상적이었으나 굵직한 뿔테 때문인지 외모 자체는 요원이 아니라 순진한 미국 아가씨처럼 보였다.

'비숍 씨. 이제 어쩌죠?'

환영이 사라졌기에 어떻게 대응해야 할지를 고민하던 민호는 왼손에 대고 있던 손거울로부터 시작된 따뜻한 기운이 전신에 퍼지는 것을 느꼈다.

민호의 목소리를 빌어 비숍이 대화를 시작했다.

『앉아요. 네이든 대신 왔군요.』

『그분은 오래전에 은퇴하셨습니다. 저는 그분의 다섯 번째 후임 정도 되겠네요.』

10년의 세월이니 수많은 요원이 피치 못할 이유로 교체됐을 것이다. 그 이유 중에는 작전 중 사망이 다수를 차지할 테고.

　비숍의 심정을 공유하고 있던 민호는 씁쓸한 미소를 지었다.

『제가 뭐라고 불러야 하죠?』

『블레이크라고 불러 주세요.』

　네이든의 후임이라면 위장 요원이 수집한 정보를 분석하고 보고하는 위치에 있을 터였다. 블레이크가 들뜬 음성으로 말했다.

『저희 모두 실종됐던 선배님이 나타나 무척 고무되어 있는 상태입니다. 전설적인 선배를 뵙게 돼서 영광입니다.』

　민호는 상대가 자신을 비숍으로 착각하고 있다는 것에 의아함을 느꼈다. 나이도 나이지만 인종까지 달랐으니 말이다.

　'변장했다고 생각하는 건가?'

　의문을 품자 곧바로 비숍의 지식이 떠올랐다.

　위장 요원은 대부분 노출될 위험을 피하고자 동료에게도 극히 일부분의 신상정보만 전한다. 하물며 분석요원이 10년 전에 활동한 요원의 외모를 알고 있을 가능성은 거의 없었다.

　선글라스를 벗은 민호가 말했다.

『전 비숍이 아니에요.』

『네? 하지만 비숍밖에 알 수 없는 프로토콜을……..』

『그분이 전해달라는 것을 가져왔어요.』

민호는 바로 물었다.

『펜 있어요? 지금 불러주는 좌표를 받아 적어요.』

『말씀해 주세요. 여기 담아두면 되니까.』

머리를 톡톡 두드리는 블레이크의 푸른 눈동자가 반짝였다. 민호는 반지에 깃든 요원처럼 상대도 기억훈련을 받았다는 것을 알고 고개를 끄덕이며 말했다.

『54.808477, 30.819448. 10년 전, 러시아의 국경을 넘다 실종된 요원 다섯이 묻혀 있는 곳이에요. 찾으면 식별번호 확인해서 조국과 가족의 품에서 안장될 수 있게 해주세요.』

『…….』

『54.182004, 23.345312. 리투아니아에서 돌아오지 못한 요원이 잠든 곳이에요. 숲 속에 동굴 하나가 있는데 찾기는 어렵지 않을 거예요. 50.77…….』

민호의 입을 통해 비숍이 계속해서 말한 것은 동유럽 활동 요원 명단 노출 사건 때 희생당한 이들의 위치였다.

오랜 시간 동안 정체를 숨기고 다른 사람이 되어 살아온 요원들은 죽음 후에야 본래의 이름을 되찾고 국가의 유공자로서 대접을 받게 된다.

위장 요원의 사망 프로토콜.

비숍은 바로 이들의 이름을 되찾아 주고 싶어 한 것이다. 민호는 죽은 이들이 희생해서 지키고 싶어 했던 것이 무엇인지 잘 몰랐으나, 가슴 한구석이 먹먹해지는 기분을 느꼈다.

『마지막으로…….』

민호는 당연히 비숍 본인이 죽어서 잠들어 있는 공간을 말하리라 생각했다. 그러나 입에서는 전혀 다른 이야기가 튀어나왔다.

『혹시나 해서 묻는 건데, 얼굴 감쪽같이 바꿔 버리는 기술. 그거 개발됐나요?』

『그건 저도 잘…… 기술 팀이 아니라서요. 아마도 없을 것 같아요.』

『그 많은 국방예산 전부 어디다 쓴 거야?』

이것은 네이든과의 대화를 목격했던 민호만이 알 수 있는 가벼운 농담이었다.

전해 들은 좌표를 다시 한 번 되새겨 본 블레이크가 조심스럽게 물었다.

『비숍 요원에 관한 정보는 알려주실 수 없나요?』

『블레이크 요원.』

『네, 선배…… 아, 제가 뭐라고 불러야 하죠?』

민호는 대충 이름의 가운데 글자를 따서 대답했다.

『M이라고 불러요. 그리고 본국에 전해주겠어요? 비숍은 은퇴했으니 더는 찾지 말라고.』

민호는 비숍의 주검이 있는 장소를 떠올리려다가 보게 된 비극적 기억에 할 말을 잃었다.

차를 타고 도주하는 광경. 건물에 처박히는 모습. 타국 요원들이 들이닥쳤을 때 비밀을 지키기 위해 자폭하는 마지막까지.

저런 폭발 속에서라면 설령 시체가 나왔다 해도 화장됐으리라.

'명복을 빌어요, 비숍 씨.'

모든 용무를 끝마친 비숍이 손거울 속에 비치는 민호의 얼굴을 향해 조용히 고개를 끄덕여 보였다.

『고마워요.』

블레이크가 아닌 자신을 향한 인사였으나 대답은 그녀가 했다.

『우리가 더 감사합니다, '미스터 M'.』

『비록 다른 사람의 몸을 빌렸지만, 마음은 언제나 조국에 있음을…… 비숍 요원이 전해달라고 했어요.』

이윽고, 몸 전체를 맴돌던 따스한 기운이 잠잠해지며 손거울에 어려 있던 빛도 사라졌다.

'어디 보자.'

유품을 길들이는 것에 성공하자 민호는 과연 무슨 능력일지 기대감을 안고 손거울을 손에 쥐었다.

거울의 각도를 이리저리 돌려보며 자신의 얼굴을 비춰보던 중, 중앙역 광장의 역무원 하나가 날카롭게 좌우를 살피며 움직이는 모습을 발견했다.

'어라?'

비숍의 경험 속에 자리한 분석 능력이 저 역무원이 수상하다는 것을 경고해 왔다. 역무원이 귀에 손을 올리고 무언가를 중얼거렸다. 민호는 즉시 점자시계를 터치해 그 소리를 훔쳐 들었다.

—approcher l'endroit……

프랑스어로 '접선지로 예상되는 곳에 접근 중'이라는 의미였다. 당혹스러운 기색이 된 민호를 이상하게 여긴 블레이크가 물었다.

『왜 그러죠, 미스터 M?』

『저기 저 역무원. 점심시간도 아닌데 매표소 밖을 자유롭게 돌아다니고 있어. 누군가를 찾고 있는 눈빛. 척 봐도 의심 가지 않아?』

'응? 말투는 또 왜 갑자기…….'

프랑스인이 영어하듯 발음이 둥그스름한 것은 둘째 치고, 목소리도 낮고 퉁명스러웠다. 의식하지도 못한 새에 다른 어

떤 이의 흉내를 내고 있음을 깨달은 민호는 거울로 시선을
돌렸다.

'설마?'

거울에 비친 상대방의 정보를 분석해 그것을 흉내 내는
것. 이 손거울은 비숍의 위장 능력을 고스란히 담고 있는 듯
했다. 반지의 빛도 흡수되어 사라졌으나 아직 무슨 연계 효
과인지 알 수가 없었다.

『미스터 M 말이 맞는 것 같아요.』

블레이크는 역무원을 살피느라 말투가 변한 것을 그리 신
경 쓰지 않는 눈치였다.

손거울을 내려놓은 민호가 블레이크에게 물었다.

『오면서 미행 같은 거 당했나요?』

실수한 거 아니냐는 민호의 눈길에 블레이크는 당차게 고
개를 저었다.

『절대 아니에요. 이 접선 프로토콜 자체가 10년 만이라 다
들 놀랐다고요. 기다려 봐요, 데이빗에게 연락해 볼 테니.』

블레이크가 통신장비가 달린 뿔테안경의 한 부분을 만지
작거렸다.

『데이빗. 중앙역에 작전하는 세력이 있는지 확인을…… 어?』

통신을 시도하던 그녀에게서 갑자기 민호가 뿔테안경을
휙 낚아챘다. 초소형 통신장비가 달린 부분을 눌러 으스러뜨

리는 민호를 보며 블레이크의 두 눈이 커졌다.

『뭐 하는 짓이에요?』

『그쪽이 통신하자마자 저자가 반응했어요. 얼굴은 날 향한 채로 곁눈질로만 봐요. 11시 방향. 보여요?』

역무원의 수상한 동향을 확인한 블레이크가 신음을 삼켰다. 민호가 말했다.

『이 접선이 새어 나간 건 분명해 보이는군요. 아마도 암호 채널이 뚫린 것 같으니 다신 사용하지 마요.』

『이제 어쩌죠?』

『어쩌긴요. 저자를 피해 빠져나가야죠.』

비숍의 경험이 함께해서인지 JB의 반지 때문인지는 몰라도 민호는 크게 당황하지 않았다.

시계를 보니 11시 19분. 기차를 타기까지 아직 40분의 여유가 있었다. 수상한 역무원의 시선을 피해 역을 나갔다가 강민호로 돌아오면 그뿐이었다.

『아, 미스터 M. 얼굴이…….』

민호는 조금씩 경련이 일어나고 있는 뺨에 손을 가져갔다.

'이런.'

경직용액의 유지시간이 다 됐다는 변수가 하나 끼어들자 상황이 변했다. 여유시간은 1분 남짓. 눈에 불을 켜고 수색 중인 요원 앞에서 경직용액이 풀렸다가는 돌이킬 수 없었다.

역무원이 카페테리아 쪽으로 접근했다. 블레이크가 목소리를 낮춰 말했다.

『이쪽으로 오고 있어요.』

민호는 역 안에 들어오면서 목격한 시설 배치도를 떠올렸다. 지상 층은 넓은 광장 외에 별다른 것이 없지만, 지하 1층에는 대형 쇼핑몰이 자리해 있었다. 곳곳에 몸을 숨길 만한 장소가 산재해 있는.

지금은 시선을 피할 수 있는 장소가 급했다.

『이동해야겠어요. 주목받지 않게 천천히 일어나요.』

『저는…….』

위장 임무는 전혀 해보지 않은 젊은 요원, 블레이크는 자신이 없는 눈빛이 됐다. 민호는 한편으론 이해하면서도 난감할 수밖에 없었다.

사람들 틈 안에 물처럼 섞여든다는 것은 의외로 간단치 않은 일이다. 훈련받은 요원은 생존의 본능 때문에 그 습성이 잘 바뀌지 않으니까.

주변의 정보를 끝없이 확인하려 든다거나, 날카로운 시선에 반응한다거나 하는 실수도 흔하게 범한다. 갓 투입된 요원이 가장 빨리 색출되어 위험에 빠지는 이유도 이것 때문이었다.

게다가 블레이크는 분석요원이었다. 과거의 프로토콜에

따라 호출되어 온 것일 뿐, 현장과는 동떨어진 정찰 임무만 해왔으리라.

그냥 놔두고 혼자 움직이자니, 전우애를 불태웠던 비숍의 염원이 마음에 걸렸다.

어쩔 수 없다는 생각에 민호가 낮은 목소리로 말했다.

『내 말 잘 들어요. 우린 지금부터 친근한 사이로 위장해 지하로 내려가는 에스컬레이터를 탈 거예요.』

이럴 때 자주 쓰는 건 만만한 연인 행세였다. 사람들은 애정행각을 벌이는 연인들에게 보통은 시선을 두지 않으려 든다.

민호가 일어나 손을 내밀자 블레이크가 손을 맞잡았다.

『주변을 훑듯이 쳐다보지 마세요. 시선 처리가 힘들면 차라리 내 쪽만 봐요.』

『네.』

민호는 카페테리아를 나서다 역무원이 다가오는 것을 발견했다. 손을 통해 블레이크의 긴장이 전해졌다. 블레이크는 방금 말한 것처럼 빤히 자신을 바라보았다.

팔짱까지 껴오며 필사적으로 연인인 척 위장하려는 모습이 위태위태해 보였으나, 그걸 교정해 줄 시간은 없었다.

찌릿.

위기의 순간에 발동된 것은 요원의 본능이었다.

쪽, 하고 블레이크의 입술에 입을 맞춘 뒤에 민호는 아무렇지 않은 듯 독일어로 말했다.

『속옷가게부터 갈까? 오늘 밤 입을 건 좀 야했으면 좋겠는데.』

진득한 농담에 얼굴이 확 붉어지는 반응. 민호는 여유 있는 웃음과 함께 귀엽다는 듯 한 번 더 쪽 하고 입을 맞췄다. 그리고 역무원을 스쳐 지나갔다.

역무원은 카페테리아를 지나치며 손님들을 하나하나 살피기 시작했다.

AM 11:21. 중앙역, 쇼핑지구.

에스컬레이터에 도착한 블레이크는 안도의 한숨을 내뱉으며 민호를 바라보았다.

『휴우, 덕분에 살았어요.』

『방금 그건 실례했어요, 블레이크 요원.』

『괜찮아요.』

블레이크는 서양의 사고방식을 가진 여성답게 가벼운 뽀뽀 정도는 대수롭지 않게 생각하는 듯 보였다.

민호는 자신의 팔을 끌어안느라 닿아 있는 블레이크의 가슴에 시선이 머물렀다.

서양인답게 볼륨감이 강하게 느껴졌다. 덕분에 민호는 뒤늦게 두근거림을 느끼는 중이었다.

'자세히 보면 얼굴도 미인이야.'

계속 블레이크를 마주 보다 보니, 그녀가 화장을 전혀 하지 않고 외모를 일부러 평범하게 보이도록 꾸미고 있다는 것을 깨달았다. 변장기술에 따라 눈에 확 띄는 외모가 될 수도, 수수한 외모가 될 수도 있는 얼굴. 저건 위장 요원에게 필요한 선천적인 재능이기도 했다.

에스컬레이터 끝에 다다랐을 무렵, 블레이크가 민호를 향해 입을 열었다.

『데이빗에게 연락해야겠어요. 암호 채널이 밝혀졌으면 다른 작전도 위험해요.』

『따로 연락할 방법은 있어요?』

『안전가옥에 추적 불가능한 회선이 있어요.』

어찌 됐건 역을 벗어나야 한다는 소리였다.

민호는 지하 1층의 쇼핑센터 안으로 걸어 들어가며 경직용액을 다시 사용할 수 있을 법한 은닉처를 찾기 시작했다.

찌릿.

갑자기 반지에서 따뜻한 기운이 일었다. 그리고 등골이 싸늘한 감각이 감지되어 민호는 반사적으로 천장 쪽 조형물에 위치한 거울을 흘끔 바라보았다. 자신과 블레이크를 따라오고 있는 듯한 또 다른 사내의 모습이 보였다.

점자시계를 터치한 감각이 남아 있었기에 상대가 중얼거리는 것에 귀를 기울였다.

—Два подозрительных людей…….

러시아어로 '의심스러운 두 사람을 쫓고 있다'는 말에 민호는 그도 모르게 신음이 나왔다.

'다른 기관도 있었어?'

이미 타깃이 되어 추적을 받고 있는 이상 몰래 빠져나갈 방법은 없었다. 설상가상으로 얼굴의 경련이 심해지더니 본래의 얼굴로 회복되어 갔다.

주시 중이던 러시아인이 이상한 낌새를 알아채고 속도를 올려 다가왔다.

위기감이 가속되자 반지의 본능이 민호의 생각을 앞섰다. 민호는 코트의 주머니에 있던 선글라스를 다시 착용하고 모자도 푹 눌러썼다. 쇼핑센터 사거리에서 재빨리 주위를 훑었다.

'저쪽!'

민호는 블레이크의 손을 붙잡고 바로 옆길로 방향을 틀었다. 두 사람이 유료 화장실이 있는 복도에 접어들었다.

『블레이크. 동전 있어요?』

『여기서 다시 변장하시게요?』

『아니요. 우릴 추적하는 사람이 있어요.』

『네?』

민호는 놀란 블레이크가 건넨 동전을 받아 들고 남자 화장실의 문을 열었다. 그리고 복도 저편에서 들려오는 발걸음소리를 향해 소리쳤다.

"RUN!"

타다다닥!

도주하는 줄 알고 움찔해서 달려오는 소리에 맞춰 대기하고 있던 민호는 상대가 나타나자마자 목을 향해 강하게 손바닥을 들이밀었다.

컥, 하고 신음을 내뱉은 러시아인이 비틀거리는 사이 민호가 옷깃을 붙잡아 열려 있는 화장실 쪽으로 밀어 넣었다.

우당탕!

상대가 바닥을 뒹굴었다.

『민간인이 오려고 들면 일단 막아요.』

블레이크에게 빠르게 말하고 난 뒤, 민호도 화장실 안으로 뛰어들었다.

기습을 받았던 러시아인이 이를 악물고 일어섰다.

훈련받은 티가 확 나는 인내력. 민호는 반지의 본능에 따라 달려가는 속도 그대로 무릎을 들이밀었다. 상대가 가슴을 찍혀 무너지는가 싶더니 달려든 민호를 맨몸으로 밀쳐냈다.

민호가 엄청난 힘에서 밀려 화장실 벽에 쿵 하고 부딪

했다.

"크읏."

체급의 차이에서 벌어진 일이었다. 근육질의 상대를 단순 타격으로는 제압할 수가 없다는 판단이 서자 반지의 본능은 점자시계의 감각이 사라지기 전에 속전속결을 강요했다.

'30초 정도 남았나?'

민호가 달려들었다. 목에 시뻘건 손자국이 나 있는 상대도 민호를 후려치기 위해 주먹을 날렸다.

찌릿.

날아오는 주먹을 피해 어깨로 상대의 팔꿈치 관절 부위를 밀쳤다. 상대가 팔꿈치의 극심한 통증에도 아랑곳하지 않고 민호의 등을 찍어 내리려는 찰나, 민호의 손바닥이 다시 한 번 목을 강타했다.

팍! 파박!

극한의 민첩함과 단련된 근육과의 싸움.

민호는 점자시계의 세밀한 감각을 통해 종이 한 장 차이로 상대의 공격을 피하며 계속해서 효과적인 일격을 밀어 넣었다.

그리고…….

러시아인이 바닥에 털썩 주저앉았다. 민호는 거품을 물고 기절해 있는 러시아인을 보며 한숨을 내쉬었다.

'신문은 물 건너갔군.'

힘으로 제압해서 물어볼 만한 상대가 아니었다.

민호는 상대의 귀에 장착된 소형 무전기를 빼내 착용했다. 화장실의 문을 닫고 나서자 복도 끝 쪽을 살피고 있는 블레이크의 모습이 보였다.

『미스터 M. 어, 어떻게 됐어요?』

『안에 기절해 있어요. 우린 이동하죠.』

『방금 그 사람은 누구였죠?』

『러시아 쪽 요원 같아요.』

민호는 '오 마이 갓'을 중얼거리는 블레이크의 팔을 잡아끌어 화장실 복도를 나와 다시 쇼핑센터를 걷기 시작했다.

안전하게 은신할 곳을 찾아 고개를 돌리던 민호의 눈에 마침 적당한 곳이 들어왔다.

정기 휴무일이라 쓰여 있는 쇼핑센터 사거리 코너의 옷가게. 민호는 가게의 옆면으로 돌아가 잠겨 있는 직원용 출입구 앞에 섰다.

『여기로 들어가요.』

『미스터 M. 이건 번호식 잠금장치라 그냥은 열 수 없잖아요.』

『가능해요.』

민호가 바지 주머니에서 동전을 꺼냈다.

『그건 뭐죠?』

이미 정해져 있는 문제의 답을 말해주는 가문의 물건이라고 얘기할 수는 없었기에 민호는 적당히 최신형 칩이 담겨 있는 컴퓨터라고 둘러댔다.

민호는 손끝에 동전을 걸고 튕겼다.

핑그르. 탁.

뒷면. 이 버튼은 문을 여는 번호가 아니다.

핑그르. 탁.

앞면. 이 버튼은 맞다.

그렇게 번호 4개를 택해 다시 조합 순서를 찾아내기까지 채 1분이 걸리지 않았다.

민호가 문을 열자 블레이크의 눈이 휘둥그레졌다.

『그건 어떻게 작동하는 방식인지 전혀 모르겠어요.』

『설명할 시간 없어요. 어서 들어가요.』

문을 닫고 옷들이 상자째 쌓여 있는 창고에 들어섰다.

『옷을 갈아입어요, 블레이크 요원. 여기서 변장하고 나가야 해요.』

『네.』

그때였다.

ㅡ치익.

민호는 러시아인에게서 **빼앗은** 소형 무전기에서 음성이 들리는 것을 느끼고 우뚝 멈춰 섰다.

　―라미에르. 비숍이 맞아? 모사드 놈들이 오고 있어. 얼른 금고에 대해 파악하고 철수해.

　무전기의 음성에 민호는 순간 어안이 벙벙해졌다.

　'대체 몇 개의 기관이 암호 채널을 엿들은 거야?'

　혹시 추격이 있나 창고 문을 살짝 열어 손거울로 바깥쪽을 비춰보려던 민호는 경악하지 않을 수 없었다.

　추격자가 눈에 띄어서가 아니었다.

　카페테리아에서 자신이 눈으로 본 장면이 1인칭 게임의 시점처럼 손거울을 통해 그대로 흘러나오고 있기 때문이었다. 손을 대고 거울 표면을 밀어보니 시점 안에서 원하는 것을 자유자재로 볼 수도 있었다.

　'대박.'

　보이는 장면의 길이는 약 3분이었다. 민호는 이것이 반지와 어울려서 일어난 효과라는 것을 깨달았다.

　청각을 통한 것만 기억할 수 있는 반지의 능력에 손거울의 정보수집 능력이 더해서 벌어진 기이한 현상.

　위기 가운데서도 유품과 유품이 만나 발현된 능력에 놀라워하던 민호는 손거울 영상 속에서 무언가를 발견하고 다시 되감아 보았다.

　'이런……'

비숍의 접선을 주시하고 있던 건 역무원뿐만이 아니었다.

카페테리아 반대편 잡지가게 쪽에서 쇼윈도를 닦는 척하는 이. 인상은 순하게 생겼으나 기골이 장대한 이 사내 역시 시선 처리가 수상하긴 마찬가지였다.

꽃가게 쪽에서 나와 화분에 물을 주는 거친 인상의 사내는 역무원에게 시선이 머물렀다가 잡지가게도 흘끔 보는 것이 명백히 부자연스러웠다.

'단순히 변장만 하고 나갔다가는 덜미를 잡힐 뻔했어.'

민호는 시계를 흘끔 보았다. 이제는 최소 30분 안에 저들을 피해 역 밖으로 나가야 했다.

AM 11:25. 중앙역, CIA 위장 작전거점.

블레이크와 갑작스레 통신이 끊긴 뒤, 11시 20분 전후의 감시 영상만 이 잡듯이 분석 중이던 데이빗은 쇼핑센터 사거리에서 드디어 그녀를 발견했다.

『비숍과 접선이 성공했나 본데?』

화면 속 블레이크는 중절모를 쓴 남자와 함께 화장실 복도 쪽으로 이동 중이었다. 그들의 뒤를 이어 근육질 사내가 뒤따랐다.

『뭐야? 미행이 붙었잖아!』

다행히 중절모 남자가 대기하고 있다가 상대를 단박에 제압해 문 안으로 밀어 넣었다. 데이빗이 "나이스 비숍!"을 외치며 문 안쪽을 비출 수 있는 카메라로 화면을 변경했다.

비숍과 근육질 사내가 격투를 펼치는 모습이 언뜻 드러났다. 상대의 공격을 귀신같이 흘려내며 효과적인 공격을 퍼붓는 비숍의 움직임에 데이빗의 입이 벌어졌다.

CIA 훈련소의 지독한 교관이 그렇게 강조했던, '쓸데없는 기술보다 정교하고 치명적인 일격이 백만 배 낫다'라는 이론이 격투교범처럼 튀어나오고 있었다.

백업요원인 데이빗에겐 전혀 다른 세계의 광경이지만, 이렇게 화면을 통해 보는 것만으로도 그 위력이 체감됐다. 근육질 사내가 꼼짝도 못하고 당했다.

'위장잠입 분야의 전설이라더니 근접 격투도 예술이잖아.'

비숍은 추적자를 간단히 처리하고 이번에는 쇼핑센터 안의 휴무 중인 옷 상점의 창고 앞으로 이동해 1분 만에 은폐를 끝마쳤다.

삐빅.

영상을 확인하는 사이 위성전화가 울렸다. 데이빗은 암호화 신호를 누르고 말했다.

『국장님. 현재 접선은 성공했으나 신원미상자의 추적 때문에 피신해 있는 상태입니다. 그런데 비숍 요원, 특수부대 출신이었습니까? 움직임이 미친 수준…… 응?』

데이빗은 옆의 모니터를 보고 움찔 놀랐다. 도청 전파를 뜻하는 경고등에 불빛이 반짝인 것이다.

'망할!'

즉시 전화를 끊고 외부로 나가는 모든 통신전파를 차단하는 버튼을 눌렀다.

『블레이크가 이래서 통신을 끊은 거였어?』

이 거점에서 나가는 전파를 수집하기 위해서는 중앙역 전체에 광범위한 망을 구축해야 했다. 고작 한 구역의 첩보에 이렇게 돈을 들이부을 만한 타국의 기관은 많지 않았다.

소련의 FSB, 독일의 BND, 프랑스의 DGSE…….

데이빗은 CCTV 화면을 돌려 비숍과 블레이크가 들어간 옷가게 쪽을 비췄다. 다행히 저곳으로 접근하는 이들은 없었다.

『우선 접선 기록부터 삭제해 주고.』

중앙역 폐쇄회로 네트워크에 접속해 두 사람이 촬영된 부분의 영상 기록을 깨끗한 화면으로 대체시킨 데이빗은 전체 화면을 살피며 다른 수상한 이들을 찾기 시작했다.

그러다 중앙역 후면 주차장을 비추는 화면에 시선이 머물렀다.

주차장에 멈춰선 세단에서 수상한 사내 셋이 내려섰다. 외국인 관광객의 옷차림을 하고 있으나 관광객은 절대 아닌 이들.

데이빗은 그들의 얼굴을 확대해 다급히 데이터베이스에 돌렸다.

화면 속에 한 사람의 정보가 떠올랐다.

[아브너 카프만. 차량 폭파. 납치. 약물 주입. 요인 암살……]

정보를 확인한 데이빗은 초조한 표정이 됐다. 검출된 상대는 모사드가 벌였다는 공작과 관련된 혐의를 수도 없이 가진 인물이었다.

『하필이면.』

수단과 방법을 가리지 않는 정보수집 정책에 살상무기를 서슴지 않고 사용하는 테러와 같은 공작으로 악명 높은 놈들. 이들에 비하면 치사한 짓만 골라하는 소련의 FSB는 신사라고 불러야 했다.

데이빗의 손이 바빠졌다.

암호 프로토콜을 재설정하고 본국에 연락을 취해 제대로 된 지원을 받기까지, 저 안에서 어떤 일이 벌어질지 알 수가 없었다.

백업요원은 아니지만 자신만큼이나 현장 경험이 미숙한 블레이크가 어떻게든 버텨주길 바라는 수밖에.

AM 11:30. 중앙역, 아웃도어 의류점 창고.

『미스터 M. 어떤 옷을 입어야 할까요?』

블레이크의 질문에 박스를 열어 남자 옷을 살피고 있던 민호가 그녀 쪽으로 고개를 돌렸다.

'컥.'

민호는 입 밖으로 튀어나오려는 신음을 가까스로 집어삼켰다. 블레이크가 안쪽에 받쳐 입고 있던 하얀 민소매 티셔츠 너머로 속살이 고스란히 비쳐 보인 것이다.

위장하는 것에 들뜬 듯 양손에 상의를 하나씩 들고 흔들어 보인 통에 그녀의 가슴까지 본의 아니게 출렁거렸다.

'시, 신이시여…….'

발육이 남다른 서양 여인 앞에서 민호는 아무렇지 않은 표정을 가장하며 오른편의 방풍 재킷을 가리켰다.

『화려하지 않은 걸로. 블레이크 요원 분위기 자체가 학생 같으니까 배낭여행 도중인 것처럼 꾸미는 것이 자연스러워 보여요.』

그녀는 고개를 끄덕이고 상의를 입었다. 흘러내린 머리를 뒤로 묶고, 착용 중이던 안경까지 벗고 나니 분위기가 확 변했다.

외국인에 대해 딱히 미의 기준점이랄 게 없던 민호였으나 저 정도 여인이 셀카 사진을 올리면, 한국에서는 '리얼 엘프녀'라고 난리가 날 것이 분명하다는 생각이 들었다.

'그것도 가슴이 풍만한 엘프……'

민호는 한가하게 이런 생각이나 할 때가 아니라고 자책하며 속으로 고개를 휘저었다. 그도 코트와 선글라스, 중절모를 벗어 던지고 간편한 아웃도어 의상으로 갈아입었다.

『블레이크 요원, 시선 처리를 숨길 수 있게 모자도 하나 찾아서…….』

흘끔 블레이크 쪽으로 눈길이 머문 민호는 침을 꿀꺽 삼켰다. 하의를 입기 위해 막 바지를 내리고 있는 그녀의 탱글거리는 하체 라인이 그대로 드러난 까닭이었다.

'나무아미타불.'

급히 시선을 돌리려 했으나 반지로부터 뜨거운 기운이 휘몰아치더니 머리를 고정해 버렸다.

의외의 순정을 보여주었던 반지의 주인이 카사노바의 본능을 이기지 못하고 잠시 방황하는 순간이었다. 이래서 제버릇은…….

『이거면 될까요?』

챙이 넓은 모자 하나를 손에 쥔 블레이크의 물음에 퍼뜩 정신을 차린 민호가 고개를 끄덕였다. 이럴 때일수록 아무렇지 않은 척 당당해야 훔쳐봤다는 오명을 벗을 수 있기에 민호는 뻣뻣이 굳은 목을 천천히, 그리고 침착하게 옆으로 돌렸다.

잠시 후.

민호도 옷을 전부 갖춰 입고 배낭여행객으로 꾸밀 준비를 끝마쳤다. 바로 옆으로 다가온 블레이크의 매력적인 하늘색 눈동자와 시선이 마주쳐 혹시 모를 반지의 본능이 발동되는 것에 주의했다.

『미스터 M. 우리 얼굴은 이대로 가는 건가요?』

『아니요.』

주머니에서 경직용액이 담긴 병을 꺼낸 민호가 블레이크에게 내밀었다.

『평범하게 꾸며야 해요.』

『저는 다룰 줄 모르는데…….』

『그래요? 잠시만요.』

민호는 손거울을 터치했다.

'비숍 씨. 부탁해요.'

따뜻한 기운이 손끝을 휘감았다.

『눈 감아 봐요. 블레이크 요원.』

173센티미터로 여자로서는 제법 큰 키였기에 180인 민호와 거의 대등한 눈높이에서 시선을 보내던 블레이크는 눈을 감기 직전, 민호의 얼굴을 세심하게 살피더니 물었다.

『지금이 미스터 M 본래 얼굴인가요? 생각보다 젊어 보여요.』

『설마요. 젊어 보이게 베이스 변장은 항상 유지하고 있는 것뿐이에요.』

『오, 철저하군요.』

뜨끔한 민호는 알콜향이 나는 용액을 얼른 블레이크의 얼굴에 발랐다. 그녀가 반사적으로 눈을 감았다.

『차가워. 냉각제 성분이 들어 있다더니 진짜였네요.』

『한 번도 안 해봤어요?』

『네, 안전가옥에서만 일해 온 터라. 1년이나 작전 활동을 했는데 처음 발라 봐요.』

민호가 블레이크의 얼굴에 용액을 전체적으로 펴 바르는 사이 그녀가 조심스레 물어왔다.

『저, 미스터 M. 비숍과는 어떻게 만난 거죠? 당신 어디 소속인지도 도무지 모르겠어요.』

『신상정보는 묻지 않기로 해요. 서로 많은 걸 알아서 득 될 게 없으니까. 이제 굳어지기 전에 작업해야 하니 잡담 금지.』

조물조물. 비숍의 위장 솜씨가 발휘됐다.

본래의 외모를 좀 더 눈에 덜 뜨일 법한 평범한 상으로 조정하는 것 자체는 어렵지 않았으나, 외간 여인의 볼살을 이리저리 만지며 느껴지는 감촉만큼은 적응하기가 어려웠다.

게다가 시선을 내리깔면 바로 보이는 블레이크의 가슴골이 자꾸만 반지의 본능을 자극해 왔다.

용액이 굳어지며, 간지러운 건지 그녀가 미간을 찡긋 모으며 "으음~" 하는 신음을 흘렸다. 민호는 반지에서 느껴지는 태양처럼 강렬한 뜨거움에 당황해서 속으로 외쳤다.

'진정해 JB! 블레이크 요원 잘못 건드리면 CIA의 추적을 받는다고!'

이후, 애국가를 수십 번 중얼거려야 했다.

『됐어요, 블레이크 요원.』

『한번 볼 수 있을까요?』

블레이크가 민호의 손거울을 통해 얼굴을 확인하더니 감탄 섞인 표정으로 말했다.

『딴사람이 됐네. 급성 경직용액은 비숍 요원만큼 잘 사용했던 사람이 없었다고 들었는데 미스터 M도 능숙하네요.』

『겸사겸사 익혔어요.』

민호도 그의 얼굴을 주물럭거려 스물 후반 정도의 밋밋한 인상을 가진 동양인 남자로 변형했다. 확인하기 위해 손거울을 본 민호는 새로이 3분의 기억이 추가된 것을 보고 어안이 벙벙해졌다.

손거울 속에서 블레이크가 겉옷을 벗고 옷 두 개를 들어 올리는 장면이 고스란히 흘러나왔다. 느낌 충만한 출렁임이 세상 그 어떤 카메라로 촬영한 것보다 현실감 있게 담겨 있었다.

'JB, 당신 짓입니까?'

반지는 묵묵부답이었으나 손거울에서 따뜻한 기운이 살랑였다.

마치, '미안, 나도 어쩔 수 없는 남자인가 봐⋯⋯' 하고 사과하는 듯한 기운에 민호는 끙 하고 한숨을 내쉬었다. 문득, 내컴퓨터 직박구리 폴더에 그녀들의 컬렉션을 모으고 싶어하는 마음은 전 세계 공통일지도 모르겠단 생각이 들었다.

'그나저나 화질은 끝내줘.'

이건 셀캠으로 찍은 영상과는 비교조차 할 수 없을 정도로 선명했다. 평생 소장될 기억을 아무 때나 꺼내어 자유자재로 확대하고 돌려볼 수 있다는 것.

이번 여행 중에 발견한 최고의 보물이 될 수도 있겠다는 생각에 민호는 한편으로 흐뭇한 미소를 지었다.

『미스터 M, 이제 뭘 해야 하죠?』

만난 지 채 20분이 되지 않았지만, 민호를 전적으로 신뢰하게 된 블레이크가 물어왔다.

민호는 문 쪽에 기대어 밖의 동향을 살피며 그녀의 질문에 빠르게 대답했다.

『쇼핑몰 반대편에 후면 주차장으로 가는 길이 있어요. 그곳까지 들키지 않고 가면 성공했다고 봐야 해요. 문제는⋯⋯.』

가기 전에 발견되어 추적자가 따라붙었을 때였다.

『최악의 상황이 되면 블레이크 요원과 저는 개별 행동을 해야 해요.』

『개별 행동이요?』

블레이크의 얼굴에 긴장감이 어렸다.

『제가 미끼가 돼서 타국 기관의 주의를 끌겠어요. 블레이크 요원은 저와 떨어진 즉시 안전가옥까지 최대한 빠르게 움직여요.』

『하지만 어떻게 저 혼자……..』

『걱정 마요. 그편이 훨씬 안전하니까.』

이건 손거울을 타고 전해지는 비숍의 생각이기도 했다.

신입 요원이 뒤를 봐주는 것과 적의 총구가 목을 향해 있는 것 중에 어느 것이 더 마음이 편할지에 대한 질문에 후자를 택하는 비숍의 농담이 떠오르자 민호는 속으로 웃고 말았다.

밖을 확인해 보니 수상한 인원은 눈에 띄지 않았다. 민호는 문을 열고 나서며 아직도 긴장해 있는 그녀에게 말했다.

『이 접선이 타국 기관에, 그것도 여러 곳에 노출된 이상 게이트마다 감시의 눈길이 있을 거예요. 하지만 이동하는 사람이 많으니까. 위험에 노출될 확률은 거의 없어요.』

『왜 이 접선에 집중하는 걸까요? 미스터 M이 전해준 건 저희 요원들의 죽음에 관련된 정보일 뿐인데.』

『아마도 오늘 오전에 리엔하르트 금고에서 나온 문서 때문일 거예요. 비숍과 관련 있는.』

『아, 그 은행 얘기는 데이빗에게 들었어요. 샤프트 은행 건 때도 위성통신 감청자료가 무더기로 나와서 타국 정보기관들이 한 번에 움직였던 일이 있거든요. 그때와 같은 상황일까요?』

『아마도요.』

두 사람은 140여 개의 상점이 밀집된 쇼핑몰을 가로질러, 반대편 게이트로 올라가는 에스컬레이터로 향했다.

『대기.』

민호는 지나가 듯 천장의 조형물에 시선을 던졌다가 역무원 복장의 눈빛이 남다른 세 사람이 뒤쪽에서 접근하는 것을 발견했다.

현장으로 뛰어들자 다시 반지의 찌릿한 감이 발동된 까닭에 한발 먼저 찾아낼 수 있었다.

'역무원이 프랑스어를 했었지?'

프랑스의 해외안전총국. 숫자를 보니 취리히 역의 한 부서 전체를 차지하고 있는 듯 보였다.

블레이크가 잔뜩 얼어붙은 눈빛으로 모자를 푹 눌러썼다. 민호는 불안에 떠는 그녀의 어깨에 손을 걸치며 말했다.

『침착해요. 우릴 발견한 건 아니에요.』

두 사람이 쇼윈도 앞에 멈춰 섰다. 민호가 블레이크의 귓가에 속삭였다.

『구경하는 척.』

민호는 쇼윈도 안의 남성 정장을 가리키며 일부러 프랑스어를 시작했다.

『저 타이 어때 보여?』

『타이? 나는 잘 모르겠어.』

다행히 프랑스어로 맞받아쳐 주는 블레이크에게 민호가 부드럽게 웃으며 말했다.

『옷이라는 게 추위를 막고 몸을 보호하는 기능이 있다면, 타이는 기능적인 측면에선 전혀 의미 없거든. 저렇게 격식과 예의를 다하는 의미로…….』

언젠가 출현했었던 패션 프로그램에서 얻은 지식을 얘기하며 민호는 최대한 담담한 톤을 유지했다.

프랑스 요원 중 하나가 흘끔 민호를 살피더니 그대로 등 뒤를 지나쳤다. 대담하게 얘기하는 민호를 의심하지 못하는 눈치였다.

『지나갔어요, 블레이크 요원.』

민호의 속삭임에 블레이크는 놀랐다는 듯 고개를 돌리고 물었다.

『이런 상황을 대비해서 훈련 같은 걸 받으신 건가요?』

『그럴 리가요.』

산전수전 다 겪은 베테랑 요원을 대하는 듯한 눈길이 된 블레이크에게 민호가 웃으며 말했다.

『쉽게 생각해요. 일상을 즐기는 시민에겐 저쪽에서 절대 먼저 다가올 수 없어요. 확신 없이 사활을 걸고 움직이는 정보요원은 드물어요. 가요.』

민호는 에스컬레이터에 올라서며 이제 고지가 멀지 않았음을 깨달았다.

11시 35분. 시간도 충분했다.

에스컬레이터의 이동시간 동안, 민호는 생각해 두었던 말을 꺼냈다.

『아까 제 소속이 궁금하다고 했죠?』

분석요원이 흥미로워할 만한 이야깃거리를 꺼내들자 긴장하고 있던 와중에도 그녀의 눈빛이 반짝였다.

『특정 정보국 소속은 아니에요. 프리랜서쯤 될까?』

『다국적 용병이란 말인가요? 어쩐지. 비숍 요원도 현재 거기 있겠군요.』

『그것까지 밝힐 수는 없어요.』

『CIA에게 호의적인 건 맞죠?』

민호는 긍정도 부정도 하지 않은 채 더는 말을 잇지 않았다. 이것은 비숍의 경험에서 우러나온 판단 때문에 꺼낸 얘기였다.

나중을 위해서라도 그럴듯하지만 조사가 불가능한 정보를 던져주는 것이 좋다는 것. 스위스 방첩과 직원과는 달리, CIA가 자신을 한국의 요원이라 의심하면 그거야말로 큰일이니까.

두 사람은 에스컬레이터를 타고 지상 층에 올라섰다.

『거의 다 왔네요. 힘내요.』

민호의 음성에 블레이크도 조금 긴장을 풀었다. 그렇게 취리히 중앙역의 후면 출구까지 불과 오십여 걸음 앞두고 있던 순간이었다.

─치익.

러시아인에게서 빼앗았던 무전기에서 신호음이 들렸다.

─라미에르를 처리했더군.

러시아 정보국은 이제야 상황을 파악한 모양이었다. 민호는 더는 무전을 들을 이유가 없기에 수신을 끊으려고 했다.

─아직 신호가 가는 걸 보니 역 밖으로 나가지는 않은 모양이야. 잘한 일이야. 밖에 모사드의 암살자가 대기 중일 테니까.

'뭐?'

─명성은 익히 들었어, 비숍.

뭔가 단단히 오해한 듯한 러시아 측 무전이 이어졌다.

―잠적하기 전에 조사했던 대상이 지금 EU 상임의장 자리를 꿰찬 건 알고 있겠지? 어때? 정보를 거래할 생각 없어?

민호는 한 정치인의 약점을 빌미로 러시아에 유리한 정책을 결정짓게 하고 싶어 하는 FSB의 꿍꿍이가 바로 분석되어 이해됐다.

―CIA가 CCTV 영상을 발 빠르게 삭제하긴 했지만, 우리가 건진 것도 있거든. 거절하면 당신 영상을 모사드 측에 공개해 버리겠어.

'영상?'

―코트를 입었더군. 키는 1.8미터 정도. 모사드는 그것만으로도 보이는 족족 무차별 사격을 감행할 놈들이야. 시간 오래 줄 수 없어. 5분 안에 대답 줘.

민호는 입구로 걸어 나가며 고민하지 않을 수가 없었다.

러시아의 협박은 두려워할 이유가 없었다. 새롭게 변장을 한 이상 이대로 자신만 쏙 빠져나가는 건 크게 어렵지 않으니까. 그러나 모사드의 암살자 출연은 다른 차원의 얘기였다.

그들이 비숍을 쫓다 다른 기관과 충돌해 민간인에게 피해를 주기라도 한다면…….

'에이, 설마.'

주머니 속 손거울에서 따뜻한 기운이 퍼져 나왔다.

모사드와 중국의 MSS가 미국의 핵무기 연구소에서 하드 드라이브를 해킹했다는 정보를 밝혀내, 역으로 비핵화 압박을 넣을 수 있었다는 비숍의 활약상이 떠올랐다.

이것은 바꿔 말해 모사드가 비숍의 이름을 들었다면 눈에 불을 켜고 따라붙을 것이라는 의미였다.

'비숍 씨. 전 영웅놀이 할 시간 없어요.'

이번에는 반지에서도 따뜻한 기운이 퍼져 나왔다. 화장실에서 러시아인과 충돌하느라 계속 얼얼했던 주먹의 통증이 좀 완화되는 느낌이었다.

이건 반지의 요원이 활약하던 시절에는 이럴 때 뒤도 돌아보지 않고 위기를 해결했다는 의미 같았다.

'JB. 지금은 그렇게 낭만적인 스파이 짓을 하는 시대가 아니야.'

열차가 출발하기까지 고작 20여 분 남았다. 그러나 첩보계의 베테랑 요원 둘이 그 안에 충분히 해결할 수 있다고 얘기하고 있었다.

JB의 행동력에 비숍의 판단력. 거기에 유품을 통한 민호 본인의 능력까지.

사실, 칼 하나만 쥐고 있어도 인간흉기가 될 수 있는 건 모사드의 암살자뿐만 아니라 민호도 마찬가지였다.

'어쩔 수 없나?'

이 사태의 발단이 애초에 금고를 열었기 때문이라는 생각이 들자 민호도 일말의 책임감이 일었다.

두 사람이 중앙역 밖으로 나왔다.

블레이크는 너무 꽉 붙잡아 땀이 흐를 정도가 된 민호의 손을 놓고 안도했다.

『이제 안전가옥까지 멀지 않아요.』

『침착하게 걸어가요, 블레이크 요원. 아까 말했던 좌표 본국에 잘 전달해 주시고요.』

『당신은요?』

『저도 제 할 일 하러 가야죠.』

민호는 추격당하기 전에 어서 움직이라고 길 건너편을 가리켰다. 블레이크는 머뭇머뭇하다가 민호의 어깨에 손을 올려 짧게 포옹한 뒤에 말했다.

『고마웠어요. 나중에 취리히 지부에 꼭 연락 주세요.』

그녀는 길을 건너가면서도 아쉽다는 표정을 지었다. 반대편에 도착한 그녀가 고개를 돌려 민호를 바라보았다.

민호는 싱긋 웃으며 손을 흔들어 보였다. 그가 입모양으로 '안전한 프로토콜부터 만들어요'라는 말을 건네자 블레이크는 미소를 지으며 고개를 끄덕였다.

길 가운데 트램이 지나가고, 웃고 있던 민호의 모습도 바람처럼 사라졌다.

AM 11:40. 중앙역, 후면 출입구.

민호는 공중전화에 서서 점자시계의 증가한 감각을 이용해 주위를 살피고 있었다.

총기를 휴대한 암살자를 찾기 위해 온 신경을 집중하며 반지의 본능이 경고를 보내기를 기다렸다.

아무리 모사드라도 내부에는 무기를 들고 들어가지 않았다고 확신할 수 있는 것이, 후면 출입구는 물론이고 사이드의 직원용 출구조차 엑스레이 기기가 설치되어 있었다.

아마 장난감 총이라도 역 안에 숨기고 들어간다면 바로 검색되어 경찰에 통보될 것이다. 그러나 경찰차의 사이렌 소리는 어디서도 들리지 않았다.

'어디 있는 거냐?'

각 문을 지키고 있을 무기 소지자만 제압하면 큰 위협은 사라진다.

점자시계의 감각이 남아 있는 동안 주위를 심도 있게 살폈다. 트램이 지나가는 소리, 수많은 사람의 발걸음 소리만 들려올 뿐이었다. 그러다 그 틈에서 철컥, 하고 탄창을 결합하는 소리가 들렸다.

찌릿.

민호의 시선이 한쪽에 주차된 검은 세단을 향했다. 저 안에 총기를 소지한 인원이 있었다.

어떻게 접근해야 할지를 고민하던 찰나, 후면 출입구에 동양인 남녀가 모습을 드러냈다.

"우리 민호 씨는 왜 전화도 안 받는 걸까요? 무슨 일이라도 벌어진 게 아닌지 걱정입니다."

"너무 염려 마세요, 공 매니저님."

서은하가 미소를 지으며 공 매니저에게 말했다.

"제 생각엔 어디 신기한 것에 정신이 팔려서 벨소리도 못 듣고 있는 것 같아요. 아까 헤어질 때 딱 그 초롱초롱한 눈이었거든요. 그래도 약속은 꼭 지키는 사람이니까 3번 플랫폼에서 출발한다고 문자만 넣어 두면 알아서 올 거예요."

"하, 서은하 씨는 민호 씨에 대해 왜 이리 명쾌한지. 두 분 사귀시면 안 됩니까?"

"글쎄요, 후후."

달칵.

세단의 운전석이 열렸다. 관광객 복장에 손가방을 들고 있는 사내가 둘의 대화 소리에 귀를 기울이며 누군가에게 보고를 시작했다.

-영상 속의 비숍이 동양계일 것이라는 분석이 있었다. 한번 알아보겠다.

민호는 이 소리를 엿듣고 움찔하지 않을 수 없었다.

서은하와 공 매니저가 함께 플랫폼 입구로 이동하는 것이 민호의 시야에 들어왔다. 그 뒤를 모사드의 요원으로 의심되는 사내가 뒤따랐다.

'털끝 하나만 건드려 봐.'

민호는 막 트램에서 내려선 인파 속에 숨어들어 서서히 요원의 뒤로 다가섰다.

"서은하 씨, 식사는 하셨습니까? 도착시각에 맞춰서 T 브랜드 스태프가 마중 나와 있을 거라고 연락이 왔습니다. 3시부터 바로 촬영에 들어갈 생각인가 봅니다."

"일정 빡빡하군요. 열차에 식당 칸도 있으니까 민호 씨 오면 같이 먹죠, 뭐. 한 실장님 저기 계셨네요. 실장님!"

서은하가 앞을 가리켰다.

짐과 함께 자리를 지키고 있던 리키 한 실장과 KG 스태프들의 모습이 보였다. 서은하와 공 매니저가 그들과 합류해 잡담을 나누기 시작하자 모사드 요원이 귀에 손을 대고 말했다.

−동양인 관광객으로 보인다. 그쪽은 어떤가?

민호는 바로 뒤까지 근접했다가 모사드 요원이 걸음을 멈췄기에 자연스레 옆으로 돌아 역 안에서 걸어 나오는 사람들 틈에 섞여들었다.

−이미 빠져나간 거 아닌가? 폐쇄회로 접속은 왜 못 하고 있어? CIA가 방해?

모사드 요원이 말하는 언어는 영어였으나 본토 발음이 아니었다.

민호는 점자시계로 증가한 감각이 끝날 시간이 거의 다 됐음을 확인하고 인파에서 나와 세단으로 걸어갔다.

앞서 걸어가는 요원의 발소리가 귀에 선명하게 들려왔다. 규칙적이고 안정적인 보행. 언제 어느 때라도 반응해서 품 안에 숨기고 있는 총을 꺼낼 수 있는, 훈련받은 요원의 걸음이 분명했다.

'준비됐어요.'

반지에서 따뜻한 기운이 퍼져 나왔다.

민호는 재킷의 후드를 올려 쓰고 얼굴의 반을 가려주는 방풍 마스크를 착용했다.

걸음 속도를 올려 요원과 점차 거리를 좁혀갔다. 그리고 주머니에서 회중시계를 꺼냈다.

째깍째깍.

바로 이어질 상황에 대한 예습을 빠르게 시작했다. 거리를 지나가는 사람들의 시선과 앞서 걷는 요원의 동선 계산이 끝나고 회중시계를 닫았다.

'지금!'

몸이 그대로 반응해 움직였다.

한달음에 달려든 민호가 세단 옆에 선 모사드 요원에게 기습적으로 손날을 휘둘렀다. 뒷목을 강타당한 모사드 요원이 움찔 놀라 옷 안쪽 숄더 홀스터에서 권총을 빼들려고 했다.

요원의 팔꿈치를 잡아 도로 밀어 넣으며 가슴에 강한 한방.

'쿵!' 하는 묵직한 충격에 신음을 흘리는 요원의 입을 틀어막고 세단의 뒷문을 열었다. 그를 밀어 넣음과 동시에 안으로 뛰어들어 문을 닫았다.

이 모습에 주의를 기울인 사람은 아무도 없다는 것은 회중시계를 통해 미리 확인해 두었다.

차 안에서 충격에 허덕이는 요원의 품을 뒤져 소음기가 달린 권총을 빼냈다. 그리고 상대의 목에 들이댄 채 낮게 물었다.

『몇 명이나 와 있지? 현재 위치는?』

요원은 콜록거리면서도 적대적인 눈빛을 지우지 않았다.

극한의 고문에도 버티는 훈련을 받은 상대이기에 대답할리 없다는 비숍의 지식이 떠오르자 반지의 본능이 꿈틀거리며 즉시 권총 하단으로 요원의 턱을 가격했다.

요원이 픽, 고개를 숙이며 정신을 잃었다.

'어쩌려고요?'

탄창을 제거하고 장전되어 있던 총알까지 빼낸 뒤에 앞좌석에 던져 버린 민호에게 비숍의 계획이 떠올랐다.

'과연. 해보죠.'

민호는 귓속에 자리해 있던 소련 측의 수신기 스위치를 눌러 통신을 시도했다.

―치익.

『고민해 봤는데 여기선 FSB가 가장 큰돈을 줄 수 있을 것 같아.』

―생각 잘했어. 얼마를 원해?

『자세한 건 만나서 얘기하자고.』

―좋아. 접선 장소는…….

『따로 정할 필요 없어. 어디로 가면 되지? 잡지가게? 꽃집?』

―뭐?

당황한 음성. 카페테리아에서 본 기억 속의 3분 영상을 꼼꼼히 살폈기에 대충 예측하고 있었는데 제대로 짚은 듯 보였다.

―꽃집으로 와. 독일 놈들에게 빼앗길 수는 없으니.

민호는 비로소 취리히 중앙역에 위장하고 있는 정보기관들의 정체를 대략 파악할 수 있었다.

『내 뒤에 꼬리가 달렸는데 이걸 처리할 인원은 있나?』

―있지. 작전요원 전부 동원하겠어. 아무리 모사드가 정신 나갔어도 이 안에는 얼씬도 못할걸?

『곧 가지.』

러시아 측과 무전을 끝내고, 민호는 손거울을 들어 기절해 있는 모사드 요원을 비췄다.

『아아. 하나 둘, 하나 둘.』

거울에 비친 상대방을 흉내 낼 수 있는 능력을 빌어 목소리를 가다듬고 말해봤다.

『동양인 관광객으로 보인다. 그쪽은 어떤가?』

기절해 있는 요원이 들었으면 경악했을 만한 소리가 민호에게서 흘러나왔다. 목소리 톤만 살짝 다를 뿐, 영어를 어색해하는 말투까지 그대로 복사한 듯이 발음하고 있었으니까.

"얼추 비슷해."

비숍의 계획은 손을 대지 않고 코를 푸는 방법이었다.

'아, 차도살인이라는 말도 아세요?'

중국 고사까지 능통한 비숍의 계획을 따라 민호는 기절한 요원의 귀에서 소형 무전기를 빼냈다. 스위치를 조작하며 무전을 시작하는 민호의 목소리는 모사드 요원 그 자체였다.

『비숍 발견. 역 광장에서 꽃집으로 이동 중. 누군가와 접촉하려는 것 같다.』

―빌어먹을! 비숍을 빼앗길 순 없어. 이동해!

상관으로 추측되는 이의 명령이 떨어졌다.

'이 정도면 확실히 움직이겠죠?'

민호는 세단에서 나왔다. 몸을 툭툭 털고 수상해 보일 법한 마스크와 후드를 벗었다.

이제 꽃집 근처로 이동해 러시아 측과 모사드의 충돌 결과만 확인하면 된다.

AM 11:50. 중앙역, CIA 위장 작전 거점.

"Clear!"

암호화 작업을 겨우 끝마친 데이빗은 한숨을 쉴 새도 없이 곧바로 차단장치를 풀어 랭리와의 연락망을 켰다.

『국장님! 지금 비숍과 블레이크의 접선 정보가 도청당해…….』

데이빗은 본국에서 들려온 소식에 눈이 휘둥그레졌다.

『안전가옥에서 연락이 왔다고요? 다행이군요. 비숍은 시야에서 사라졌습니다. 네? 비숍이 아니라뇨?』

M이라는 정체불명의 남자가 전해준 소식을 들은 데이빗은 잠시 천장을 쳐다보며 묵념했다.

현장에서 활동하는 CIA요원들의 최후가 그리 아름답지 않다는 건 알고 있었으나, 직접 전해 들으니 남다른 기분이 들었다.

'울적한 기분은 이 정도로 마무리하고. CIA가 멍청하게 보인 건 되갚아 줘야지.'

지원요원으로서의 임무를 복기한 데이빗은 CCTV 화면을 살피며 확보된 정보를 빠르게 보고했다.

『테러 혐의가 있는 아브너 카프만을 발견해 추적 중입니다. 총인원은 넷. 외부의 이동 차량 안에 한 명, 나머지는 역 내부를 움직이며 활동 중입니다. 스위스 당국이 움직이는 것을 경계하는지 내부 활동 인원에게서 무기소지경보가 발동되지 않았습니다. 작전 팀을 투입해 처리할 것을 건의…….』

데이빗은 중앙역 광장에 모인 아브너 카프만과 모사드 요원 두 사람을 보고 신음을 삼켰다.

그들이 다가서고 있는 장소가 소련의 위장 거점이라 의심되는 꽃가게 '아나스타샤'였던 것이다.

같은 시각. 중앙역, 카페테리아.

민호는 테이블 위에 커피를 올려두고, 손거울을 들어 꽃집 쪽을 비췄다. 아직 충돌의 기미는 보이지 않았다.

삐빅.

─갈렙. 보고해.

모사드 요원에게서 연락이 왔다. 민호는 목을 가다듬고 낮게 말했다.

『내부로 들어와 있다. 지원이 필요하다.』

바로 다른 무전기 스위치를 조작해 러시아 측에게도 말

했다.

『준비해.』

―어디야, 비숍?

『근처.』

―놈들은 나타났는데 넌 안 보이는군.

『모사드가 있으면 내가 안전하게 정보를 줄 수가 없으니까. 차라리 BND에 넘길까? 동독, 서독 시절만큼 독일과 친분이 있는지 모르겠어.』

―기다려. 처리하고 연락하지.

『아니, 처리가 끝나면…….』

민호는 냅킨을 하나 집어 들고 백팩에서 펜을 꺼냈다.

『나중에 근처 카페 테이블을 살펴봐. 난수표가 하나 있을 테니. 금고에서 나온 문서는 스위스 방첩과에 있으니 뒷거래를 하든, 강탈하든 알아서 찾아.』

쿠쿵!

무전 도중에 꽃집의 유리창 면으로 사람 하나가 철퍼덕 부딪혔다.

보통은 저런 충격이면 깨져서 사람이 튀어나와야 하는데 그렇지 않은 것을 보니 방탄유리인 듯 보였다.

쓰러진 사내가 관광객 복장을 한 모사드 요원이었기에 민호는 싸움이 시작됐음을 알았으나, 지나가던 이들은 깜짝 놀라 고개를 돌렸다.

─약속이 틀리잖아!

『약속한 적은 없는 걸로 아는데? 모사드 빨리 처리하고 와야 할 거야. 아까 보니 프랑스 요원들이 눈에 불을 켜고 돌아다니고 있더라고.』

꾹.

무전기의 통신을 차단했다. 민호는 난수표를 적어놓고, 소형 무전기 두 개를 그 위에 올려 두었다.

따뜻한 커피 한잔은 이것을 먼저 발견할 기관을 위한 선물로 남겨 두었다.

『손님, 주문하신 샌드위치 나왔습니다.』

카페의 점원이 불러 자리에서 일어난 민호는 값을 치르려고 다가서다 지하 1층 쇼핑센터에서 갓 뛰어 올라온 한 사람을 보았다. 화장실에서 정신을 잃고 있던, 라미에르라는 러시아 측 요원이었다.

얼굴이 팅팅 부어 있는 것에 미안함을 느끼던 민호는 라미에르의 뒤를 쫓아 역무원 셋이 따라붙은 것을 보고 절로 시선이 머물렀다.

'프랑스는 저쪽을 따라다니고 있었네. 부지런해. 어라? 근데 어디까지 쫓아가는 거야?'

라미에르가 꽃가게 안으로 들어가자 그 앞까지 바싹 추격한 프랑스측 요원들도 그대로 진입했다.

『여기요.』

민호는 돈을 내고 서은하와 먹을 샌드위치를 손에 쥐었다. 어차피 손을 뗀 이상 이젠 신경 쓸 일이 아니었다.

『저기 무슨 일이지?』

『알아봐! 비숍과 관련된 일일 수도 있어.』

잡지가게의 문이 열리며 건장한 체격의 직원 둘이 꽃가게 쪽으로 이동했다. 독일의 요원들까지 꽃가게 근처를 서성이며 안에서 무슨 일을 벌이고 있는지 정찰을 시작하자 민호는 걸음이 흔쾌히 떨어지지가 않았다.

'어째 일이 커진 거 같은 느낌이…….'

프랑스와 독일측 요원들까지 저기 어울려 다투다 심각한 사상자가 발생하면, 간단할 문제도 복잡해질 위험이 있었다.

반지에서 느껴지는 감각은 '상관없다'였으나 손거울에서 전해진 지식은 '귀찮아질 소지는 있다'였다.

위험요소는 사전에 차단.

이건 비숍의 수칙이었다.

민호는 모사드 요원 하나를 기절시켰을 때부터 답은 이미 나와 있었다는 생각이 들었다.

'나 참.'

계획이 변경되자 반지에서 뜨거운 기운이 일며 환영의 표시를 보내왔다.

AM 11:55. 중앙역, FSB 위장거점 '아나스타샤'.

안드레이는 모사드 요원 셋을 제압하느라 뒤죽박죽이 되어버린 내부를 보며 인상을 박박 구겼다.

"дибил!"

화분이 날아가 깨지고, 선반이 와르르 무너져 내리자 욕을 참을 수가 없었다.

급히 창문 블라인드를 내려 노출은 막았다 해도, 대낮에 시체가 나오면 도저히 처리할 수가 없기에 오로지 힘으로 제압해야 했다. 3 대 5라는 숫자가 아니었다면 모사드 요원들에게 실컷 얻어맞는 수치를 보였을 만큼 놈들의 격투 실력은 상당했다.

『정리 시작해!』

목에 다리를 휘감아 강하게 조르는 삼보의 기술로 모사드 요원 하나를 기절시킨 안드레이가 자리에서 일어났다.

그때였다.

덜커덩.

『장교님! 비숍을 추적하다 당해서……!』

갑자기 뛰어 들어온 라미에르는 거점의 상황을 보고 눈이 커졌다. 그의 뒤를 이어 뛰어든 역무원 복장의 세 사람도 눈이 커지긴 마찬가지였다.

안드레이는 프랑스 요원들의 등장에 골을 부여잡았다.

『비숍, 이 개 같은 자식이!』

프랑스 요원 중 하나가 무전을 치려던 그때, '쾅!' 하고 문이 열리며 건너편 잡지가게의 직원 두 명이 밀려들어 왔다. 프랑스 요원들이 화들짝 놀라 가게 한쪽으로 피신했다.

안드레이는 독일 측 요원들까지 나타난 이 상황이 기가 막혀 말이 나오지 않았다.

그리고…….

후드와 마스크를 착용하고 있는 정체불명의 남자가 나타났다. 너무나 혼란스러운 상황에 다들 말이 없어진 가운데, 정체불명의 남자가 러시아어로 말했다.

『동네 양아치도 아니고, FSB는 마취용액도 없어? 이런 싸움은 조용히 끝내야 하는 거 아니야?』

지적을 받은 안드레이가 헛기침했다.

『세계 최고의 '인텔리전스'들이 왜 이리 저급하게 굴어? 쯧쯧.』

말을 하며 민호는 주머니 속 회중시계를 열었다. 3분간의 미래가 눈앞에 펼쳐졌다.

『넌 누구야?』

『나?』

움직일 동선을 모두 파악한 민호의 눈빛이 반짝였다.

『미스터 M.』

찰칵.

문 위쪽의 잠금장치를 걸어버린 민호가 말했다.

『은밀함이 정보요원을 만든다. 그 교훈을 좀 가르쳐 주러
왔어.』

점자시계까지 터치한 민호는 이미 습격을 당해 바닥에서
신음하는 독일 요원의 등을 밟고 뛰어올랐다.

민호의 주먹이 멍하니 서 있던 라미에르의 얼굴을 때렸다.
뒤늦게 팔을 뻗었으나 짧고 정확한 일격에 비틀, 연이어진
민호의 어깨 박치기에 바닥을 뒹굴었다.

'이크, 깨어난 지 얼마 안 됐을 텐데. 쏘리.'

난데없이 공격이 시작되자 어찌할 바를 모르고 있던 프랑
스 측 요원 셋이 빠져나가기 위해 문 쪽으로 달려왔다.

민호는 발끝에 걸린 화분 하나를 차올려 프랑스 요원 하나
의 머리로 날려 보냈다.

텅!

바로 자세를 낮춰 다른 한 사람의 정강이를 걸었다. 균형
을 잃은 상대의 옆구리와 가슴에 정교한 일격이 가해졌다.

풀썩.

풀썩.

두 동료가 뭘 해보지도 못하고 쓰러지자 남은 프랑스 요원이 겁에 질린 눈길로 민호를 공격해 왔다. 날아오는 주먹을 피해 손목을 잡아채 균형을 흐트러트린 뒤, 무릎으로 명치를 강타했다.

『어, 어, 어떻게…….』

입구 쪽에 몰려 있던 각국 요원들이 전부 바닥에 엎어져 신음하거나 기절해 있는 상황.

짜고 저 짓을 했다고 해도 불가능할 광경에 안드레이는 눈이 튀어나올 것처럼 놀라고 말았다. 두 눈으로 똑똑히 목격했으면서도 도무지 믿어지지가 않았다.

민호가 뚜벅뚜벅 걸어왔다.

『너, 넌 대체 누구야?』

안드레이가 기절시켰던 모사드 요원 하나가 벌떡 일어섰으나 그와 동시에 민호의 주먹이 뻗어 나가 이마를 강타했다.

모사드 요원이 거품을 물고 쓰러졌다. 민호는 움찔하는 안드레이에게 아무렇지 않은 듯 말했다.

『또 비숍을 입에 담으면, 그때는 이 정도로 끝나지 않을 거야. 참, 여기 뒷문 있지?』

안드레이의 어깨에 묻어 있는 꽃잎을 옆으로 툭툭 쳐준 민호가 등을 돌렸다. 안드레이는 물론이고, 모사드 요원의 양

팔을 붙잡고 바닥에 누워 있던 러시아 정보요원 네 사람도 아무 말을 하지 못했다.

달칵.

꽃가게의 뒷문을 여는 것과 동시에 재킷을 벗어 던진 민호는 웅성거리는 사람들 속으로 재빨리 파고들었다.

AM 11:57. 중앙역, 코인 로커.

민호는 숨겨두었던 물건을 챙기고 기둥 뒤로 걸어 들어갔다. 아웃도어 복장에서 중앙역에 처음 왔을 때의 평상복으로 탈바꿈한 뒤에 이동을 시작했다.

열차 시각이 코앞이기에 바삐 걸으며 마지막 정리가 필요할 것이라는 비숍의 지식을 떠올렸다.

'그거 괜찮겠네요.'

휴대폰을 들고 공중전화에서 얼핏 봤던 법무경찰부의 번호를 눌렀다.

뚜두두두—

신호음이 가고 누군가 수화기를 들었다.

『방첩과 부탁해요.』

다시 신호음이 갔다.

―한스 경장입니다.

『거기 혹시 알폰스 슈름프 씨 계신가요?』

-누구시죠?

『아까 오전에 암호 해독을 도와주었던 전문가라고만 전해 주십시오.』

　-알폰스 경위님. 암호 해독을 도와줬다는 사람이 전화가…….

　탁.

　-특수요원!

『그런 거 아니라니까요. 제 목소리는 기억하시죠?』

　-기억하고말고. 그쪽 덕분에 국장님한테 칭찬 좀 들었지. 우리 저녁에 이름, 계급 떼고 만나서 술이나 한잔할까?

『시간 없으니 용건만 간단히 말하겠습니다. 제가 얘기했다는 첩보라는 걸 밝히지 말아 주신다면 끝내주는 정보를 하나 드리겠습니다.』

　-뭔데?

『약속부터 하세요. 방첩과 공무원이 할 수 있는 가장 큰 공을 세울 만한 정보니까.』

　-한스. 나가 있어.

　-경위님. 점심 전까지 보고서를…….

　-어서!

　문을 여닫는 소리가 들려온 뒤 알폰스가 말했다.

　-이 방에 나 혼자뿐이야. 말해봐.

『중앙역에서 각국 기관의 요원들이 충돌을 벌였습니다. 그 놈들 전부 치고받고 싸우다가 널브러져 있습니다. 3번 출구 옆 꽃가게로 빨리 뛰어오시면 간첩 여러 명 공짜로 잡으실 수 있을 것 같습니다.』

─뭐?

알폰스의 경악한 얼굴이 눈에 선했다.

『그럼, 이만.』

─자, 잠깐만!

AM 11:59. 중앙역, 플랫폼 3.

열차의 문밖으로 고개를 빼꼼 내밀어 민호가 오길 기다리고 있던 서은하는 막상 인터라켄행 열차가 출발할 시간이 되자 초조한 기색을 감추지 못했다.

"제가 기다렸다가 민호 씨와 다음 열차를 타고 가겠습니다."

공 매니저가 결심했다는 듯 내려서려던 찰나, 휙! 하고 열차에 올라타는 그림자가 있었다.

"세이프."

민호는 거친 숨을 내뱉으며 종이봉투 하나를 내밀었다.

"역 안 카페에서 산 건데 샌드위치가 맛있대요, 거기."

"민호 씨……."

땀으로 범벅이 되어 있던 민호는 웃으며 서은하에게 말했다.

"아직 점심 못 먹었죠? 기다리지 말고 먹지 그랬어요."

"민호 씨가 이렇게 늦을 줄은 몰랐죠."

"미안해요."

열차의 문이 닫히고 서서히 이동을 시작했다.

서은하는 뭘 하고 온 건지 지친 기색이 가득해 보이는 민호를 보며 안쪽을 가리켰다.

"자리 잡아놨어요. 일단 앉아서 숨 좀 돌려요."

민호는 공 매니저에게도 눈인사를 건넨 뒤에 서은하의 뒤를 따랐다.

인터라켄까지 3시간의 여행.

근 1시간 동안 정신없이 움직였던 민호는 좌석에 앉자마자 눈꺼풀이 천근만근 내려앉는 것을 느꼈다. 반지의 기운이 사라지자 온몸이 삐걱거려왔다.

종이봉투를 열어 다른 스태프들에게 샌드위치 조각을 나눠주던 서은하는 민호 쪽으로 고개를 돌렸다가 입가에 미소를 머금었다.

'뭔가 신이 나는 일을 하고 왔나 봐.'

꾸벅꾸벅 졸고 있는 민호의 얼굴에는 만족감이 어려 있었다.

44.
M 아이덴티티 (3)

주프랑스 대한민국 대사관.

달칵.

막 전화를 내려놓은 3등 서기관 김윤수가 고개를 돌렸다.

"신노 가미노 씨에게 연락이 왔어요."

민철모 공관장이 관심을 두고 있는 문제인 터라 1등 서기관 황희수를 비롯해 대사관 식구 모두 고개를 돌렸다.

"리노 주베 앞에서는 도저히 떨려서 협연이 불가능할 것 같다는데요?"

"장 주앙 부시장이 무척 고대하는 눈치라고 대사님이 꼭 섭외해 달라 신신당부하셨어. 우리 쪽에서 따로 페이도 준다 고 해봐."

"하기야 했죠. 나중에 콩쿠르에서도 볼 수 있다면서 실수하면 큰일이라고 절대 싫다고 하네요."

황 서기관이 혀를 찼다.

"이렇게 빼는데 시립 관현악단장이랑 부시장은 뭘 보고 반한 거래?"

"선배님, 그 얘기가 맞는 거 아닐까요? 가미노가 아니라 강민호일 거라는 거. 왜, 장 주앙 부시장 발음이 좀 새잖아요."

"강민호가 누군데?"

황 서기관의 물음에 사무실 한쪽에서 타이핑 중이던 말단직원 홍소혜가 고개를 들었다.

"강민호라면 요즘 뜨고 있는 연예인 있어요. 예능에 자주 나오는데 인기 좀 있을걸요? 똑똑하고 자상하다고. 청춘일지 보셨어요?"

"에이, 한국 연예인이랑 클래식계의 거장이 어울린다는 게 말이 안 되잖아."

"그건 그렇죠……."

홍소혜는 문서창을 내리고 한국 포털사이트에 접속해 강민호 기사를 검색해 보았다.

【강민호, T 브랜드 겨울시즌 모델 발탁.】
【올겨울 미란다 송의 야심찬 디자인이 가미된 의류모델로

발탁되어 관계자들의 기대감을 한 몸에……】

"어머, 스위스에 있네."

"누가?"

"강민호요."

"가미노인지 강민호인지 연예인은 됐고, 한불수교행사 때 연주 가능한 피아니스트 목록이나 뽑아봐. 대사관실 들어가야 하니까."

『이번 역은 이 열차의 종착지 인터라켄입니다.』

안내방송이 나오자 민호는 눈을 번쩍 떴다.

잠깐 눈을 붙인다는 것이 장장 3시간을 기절한 채 있었다. 그렇게 잠을 잤는데도 찌뿌듯한 것이 중앙역 안에서 겪은 육체적 피로도를 말해주는 듯했다.

"아이고, 삭신이야."

노인이 된 것처럼 등을 두드리다 맞은편에 앉아 있는 공 매니저와 눈이 마주쳤다. '어디 불편하십니까?' 하고 바로 챙겨주려는 눈길에 민호는 손을 흔들었다.

"잠을 잘못 자서 그래요."

"어깨 마사지라도……."

"괜찮아요, 공 매니저님."

"내일까지만 고생하시면 해외 스케줄도 종료입니다. 힘내십시오, 민호 씨."

공 매니저와의 일상적인 대화를 나누며 민호는 반지에 흘끔 시선이 머물렀다.

오전의 일이 마치 꿈이었던 것마냥, 반지는 더 이상 기운을 발휘하며 직접적인 표현을 해오지 않았다. 안주머니에 있는 손거울도 마찬가지.

예전에 활동했던 무대였기에 특별히 힘을 보태주었다는 생각이 들자, 민호는 다른 유품들도 본래 쓰이던 장소에서 더 다양한 효과를 낼 수 있을지 모른다는 기대감이 일었다.

"깼어요, 민호 씨?"

식당 칸에 다녀온 서은하가 민호에게 차가운 커피를 내밀었다.

"아, 고마워요."

"저희 내려가자마자 바로 촬영해야 한데요. 포즈 좀 미리 맞춰볼 걸 그랬어요."

부드럽게 미소 짓고 있는 그녀를 보고 있자니, 민호는 왠지 찌뿌듯했던 기분이 저 멀리 사라지는 기분이 들었다.

창밖으로 크고 맑은 두 개의 호수가 보였다.

열차는 호수 사이에 진주처럼 박혀 있는 스위스의 아름다운 마을, 인터라켄으로 달려갔다.

역의 플랫폼에 내리자마자 T 브랜드 화보 촬영 스태프들이 민호와 서은하를 반겼다.

"두 분 오시길 눈이 빠지도록 기다리고 있었습니다. 차량을 준비시켜 놨으니 이쪽으로."

T 브랜드 화보 편집장 홍상원이 다가와 역 밖을 가리켰다.

"송 팀장님이 두 분을 무척 마음에 들어 하셨나 봅니다. 그간 콘셉트 맞추기 편한 스튜디오 촬영만 고집하신 터라, 송 팀장님 라인에서 해외 화보는 이번이 처음이거든요. 겨울 신상들 아직 못 보셨죠? 디자인 끝내주게 나왔습니다. 메르헨룩에 미네트에 로맨틱까지……."

앞서 걸으며 겨울시즌 콘셉트에 대한 설명을 장황하게 늘어놓던 홍상원은 차 앞에 다가가 민호에게 고개를 돌렸다.

"송 팀장님이 디자인 스튜디오에 한번 방문해 주시길 원하시는 눈치였습니다. 콜라보를 하고 싶다고, 로열티는 충분히 지급하실 의향이 있답니다."

이 제안에 서은하가 놀란 표정을 지었다. 미란다 송이 어떤 인물이던가? 국내 의류 디자인을 선도하는 톱 중의 톱. 그런 인물이 함께 디자인하자고 제안할 정도면 민호의 디자인 실력은 대체 어느 정도인지 감조차 오지 않았다.

그녀의 이런 시선에 민호는 헛기침하며 말했다.

"그건 무리예요. 스튜디오 한번 놀러 가는 거야 가능하겠지만요. 봄 시즌에 안 짤리면."

"하하, 그건 걱정하지 마십시오. 지금 강민호 씨 인지도면 지난 시즌에 연장 계약을 예약해 주신 것 자체가 감사할 지경이니까요. 제가 서은하 씨 드라마 팬이거든요. 거기 나오시는 것 보고 깜짝 놀랐습니다."

홍상원은 입을 가리며 말했다.

"개인적으로 '알랭'과 '은채' 커플, 열렬히 지지합니다. 다른 남주들은 별로야, 별로."

편집장이 드라마 속 인물을 언급하며 운전석에 앉는 사이, 민호는 슬쩍 뒤로 손을 빼 서은하의 손을 붙잡았다. 그녀는 눈웃음을 지으며 민호의 손을 마주 잡았다.

호텔 '빅토리아 융프라우'.

깨끗하고 아담한 인테리어의 스위트룸에서 시작된 화보 촬영은 밤늦게까지 쉴 틈 없이 계속됐다.

'벌써 이렇게 됐네.'

민호는 시계가 새벽 1시를 가리키는 것을 보고 속으로 한숨을 쉬었다. 한 촬영당 대략 20분. 각자 스무 종류의 옷을 입어야 하는 까닭에 커플룩 촬영이 아닐 때는 서은하의 발끝조차 볼 수가 없었다.

바로 옆에 그녀가 있는데 말도 제대로 못 붙여보고 있는 이 상황. 신상 디자인 라인을 대폭 늘려 촬영에 임하게 해준 미란다 송에게 감사해야 할지 원망해야 할지, 고민이 드는 하루였다.

"오케이! 민호 씨, 고생했어요. 이제 커플 촬영 하나 남았으니 다음 옷으로 갈아입고 밖으로 나오세요."

사진작가의 주문에 민호는 터덜터덜 옷가지가 가득한 방으로 들어가 마지막 옷으로 갈아입었다.

'이게 뭐냐고.'

그간 온갖 촬영에 익숙해지다 보니 포즈를 취하는 것 자체는 문제가 없었다. 그러나 가을보다 빡빡한 일정 탓에 힘은 도리어 더 들었다.

경치가 끝내준다는 인터라켄에 온 지 10시간이 넘었건만, 바깥 공기는 역에서 올 때 맡은 것이 전부였다.

민호는 피곤에 감겨오는 눈을 비비며 스위트룸을 나섰다.

1층으로 걸어 내려와 호텔 후원으로 향하는 문을 열자 찬 공기가 밀려들어 왔다. 겨울옷을 가을에 입어서인지 제법 쌀쌀한 바람을 맞이하고 있음에도 춥다고 느껴지지 않았다.

"후아~ 공기 좋다."

작게나마 숨통이 트이는 기분에 민호의 표정이 한결 밝아졌다.

민호는 조명이 세팅되고 있는 정원을 한차례 훑다가 야외 테라스 한쪽에 서 있던 서은하를 발견했다.

"은하 씨!"

한달음에 서은하에게 달려갔다. 그녀가 고개를 돌리며 물었다.

"개인 촬영 끝났어요?"

"네."

"옷이 이렇게 많을 줄은 몰랐어요. 민호 씨도 피곤하죠?"

그녀 앞에서 약한 모습을 보일 수 없다는 생각에 민호는 졸음이 찾아와 게슴츠레해진 눈을 부릅떴다.

"이 정도야 뭐. 은하 씨 피곤하면 언제든 이 어깨에 기대요."

안 피곤한 척하지만 그것이 얼굴이 고스란히 드러난 민호의 얼굴을 보며 서은하는 부드러운 미소를 지었다. 민호가 테라스의 발코니에 털썩 앉았다.

서은하가 민호의 옆에 앉으며 위를 가리켰다.

"별이 되게 예뻐서 쳐다보고 있었어요."

이 말에 민호는 새카만 하늘에 점점이 빛나는 별에 시선을 돌렸다. 다시 그녀 쪽으로 고개를 돌리며, '확실히 예쁘네요'라고 중얼거리던 민호는 잠시 할 말을 잊어야 했다.

포근해 보이는 순백의 스웨터를 입고, 토끼 캐릭터 인형을 손에 쥐고 있는 그녀.

고깔모자만 쓰면 딱 동화 속에 나올 법한 엄지공주 같은 그 모습이 민호의 눈동자에 고스란히 맺혔다.

이국적인 공기와 정원과 하늘.

그것들과 무척 잘 어울려 보이는 그녀의 모습이 말문이 막힐 정도로 아름다웠기 때문이었다.

'착각하고 있었어.'

이번 여행 최고의 선물은 손거울이 아니었다. 심장을 마구 뛰게 하는 상대와 함께할 수 있다는 것 하나만으로, 그 어떤 애장품을 활용했을 때보다 행복한 기분이 들었다.

계속 자신의 얼굴만 쳐다보고 있는 민호에게 서은하가 눈을 돌렸다.

"왜요? 저 메이크업 이상하게 됐어요?"

"키스하고 싶어서요."

서은하의 뺨이 확 붉어졌다.

"스태프들 눈이 있는데…….''

"걱정 마요."

민호는 주머니에서 회중시계를 꺼냈다. 찰칵, 하는 소리와 함께 뚜껑이 열렸다. 3분의 시간 동안 이곳을 쳐다보는 인원이 아무도 없을 타이밍을 재던 민호가 말했다.

"자, 10초 뒤에 합니다."

"뭐예요, 그게."

서은하가 픽 웃었다.

째깍째깍.

카운트다운이 끝나고, 민호는 서은하의 입에 입술을 가져 갔다. 서은하는 당황하면서도 스르르 눈을 감았다.

2초간의 짧은 입맞춤.

민호가 고개를 떼자 조명 작업을 끝낸 스태프 하나가 테라 스를 향해 외쳤다.

"강민호 씨, 서은하 씨! 커플 촬영하겠습니다!"

이 음성에 깜짝 놀라 눈을 뜬 서은하는 스태프들이 정말 아무 일도 없었다는 듯 일을 하는 것을 확인하고 신기하다는 표정을 지었다.

"어떻게 한 거예요?"

"제가 미래를 보는 사나이거든요. 딱 이때다 싶었어요."

"농담은. 어두워서 못 본 거 맞죠?"

서은하의 대꾸에 피식 웃은 민호가 손을 내밀었다.

"다음에 또 해야 하기 때문에 비밀로 하겠습니다. 가요, 은하 씨. '커플' 촬영해야죠."

민호가 배정받은 호텔 숙소에 들어선 건 새벽 2시가 다 되어서였다. 욕실에서 씻고 나와 가방에서 할아버지의 금고에서 얻은 유품들을 쭉 꺼내 침대 위에 늘어놓았다.

내일 촬영이 끝나면 바로 귀국하는 비행기를 타야 했기에 짐을 정리해 두어야 했다. 기왕 자는 김에 유품 하나 정도는 길들여야겠다는 생각이 있었으나 선뜻 선택할 수가 없었다.

'유아용품뿐이라니. 이걸 어따 써. 애도 없는데.'

젖병과 딸랑이를 손에 쥐고 고민하던 민호는 고개를 흔들었다. 고이 모셔둔 황금사자상은 만질 수조차 없고.

"그래도 경험을 쌓아야 능력도 늘어나는 거니까."

민호는 결심한 듯 젖병을 손에 들고 머리맡의 조명을 껐다.

지이잉.

취화정을 복용하고 잠을 자기 직전, 휴대폰이 울렸다. '윤환'의 이름이 떠 있었기에 민호는 휴대폰을 귀에 댔다.

"아버지?"

─아, 거기 새벽이지? 아침에 다시 할까?

"아니에요, 말씀하세요. 잠 2분 정도는 버틸 수 있어요."

─금고 안에 뭐가 있었어?

"별거 없던데요? 할아버지는 왜 아기들이 사용하는 물건만 이렇게 모아두신 거죠?"

─그래? 민호 너 가졌을 때쯤이니 손자 잘 키우라고 모아

두셨나 보다. 이제 너도 애인 생겼으니 챙겨뒀다 나중에 사용해. 나처럼 육아 방치해 뒀다가 너 같은 자식 만들지 말고.

"너 같은 자식이라니…… 응? 아버지가 저 애인이 있는 걸 어떻게 아세요?"

-날아갈 것 같은 색이거든.

"색깔이 뭘 날아요?"

-됐고, 그것 말고도 옛날 물건 같은 거 있었지?

"네, 황금사자상이요."

-그거 무게가 얼마나 되냐?

"글쎄요. 대충 2~3kg?"

-황금 삼 키로면 일억 이천이니 관세가 육천 정도 나올 거야.

"유, 육천이나요?"

-귀금속류는 그래.

취화정 때문에 가물가물해지는 의식 속에서 정신이 번쩍 드는 소리였다.

-집에 오면 줄 테니까 일단 들고 와. 아무튼, 귀국하면 보자.

"아버지! 이거 배달해 주는 대가로……."

감이 느린 국제전화였기에 윤환은 이미 전화를 끊은 뒤였다.

민호는 취화정의 잠을 이기지 못하고 눈을 감으면서도 황금사자상을 가져다주는 대가로 꼭 쓸 만한 유품을 얻어내야겠다고 다짐했다.

다음 날.

아침 일찍부터 만년설이 위치한 융프라우 정상에 오르기 위한 기차에 올라탄 민호는 셀캠을 들어 주위를 촬영하며 말했다.

"유럽에서의 마지막 날이 밝았습니다. 보이시나요? 이곳은 산을 오르는 산악열차 안입니다."

함께 올라탄 화보 촬영 스태프들을 쭉 비춘 민호는 서은하에게 렌즈가 머무르자 말했다.

"오늘도 어김없이 미녀 가이드의 설명 시간이 돌아왔습니다."

민호의 음성에 서은하가 '또요?' 하고 눈을 치켜떴다.

"우리 친절한 은하 씨의 설명, 다들 듣고 싶으시죠?"

이 말에 화보 촬영 스태프들이 "듣고 싶어요!"를 외쳤다. 서은하는 민호에게 눈을 흘기면서도 밖을 가리키며 말했다.

"해발 4,158m의 융프라우 지역은 산악지역의 독특한 자연이 다양하게 자리한 곳이에요. 산악열차를 타고 한 번에 올라가기 때문에 높은 곳의 기압에 적응할 시간이 필요하죠."

똑 부러지는 설명을 이어나가던 서은하는 이내 창밖에 펼쳐진 새하얀 눈밭의 풍경에 감탄사를 내뱉었다. 민호도, 스태프들도 모두 알프스의 웅장한 봉우리를 보며 잠시 할 말을 잊었다.

열차가 1시간 정도 움직이자 정상에 있는 스핑스 전망대가 모습을 드러냈다.

전망대 바로 아래 자리한 묀히요흐 산장.

민호와 서은하가 눈밭을 배경으로 화보 촬영에 임하는 가운데, 모니터에 출력된 사진을 훑어보던 홍상원이 중얼거렸다.

"두 사람 가을 때보다 분위기가 좋아. 커플 화보도 실을 것이 많겠어."

"홍 편집자님."

홍상원의 옆에 슬쩍 다가온 공 매니저가 물었다.

"이번 촬영, T 브랜드 전체 패션라인 화보집에는 몇 장이나 들어갈까요?"

"지금 같아선 커플룩 계열은 전부 넣고 싶군요."

희망적인 말에 공 매니저는 기분 좋게 촬영에 임하고 있는 두 사람에게 시선이 머물렀다.

강행군 스케줄에 피곤할 텐데도 표정이 살아 있었다.

'저 두 사람이 같이 있으면 매번 예감이 좋단 말이지. 이 기회에 T 브랜드 전속 모델도 노려보는 겁니다, 민호 씨!'

해가 산중턱에 걸릴 무렵, 눈밭을 하도 뒹굴어 손끝과 코끝이 빨개진 민호와 서은하에게 사진작가가 말했다.

"지금 포즈 좋아요. 촬영 끝났는데 둘이 뽀뽀 좀 해봐."

눈싸움하는 포즈를 잡고 있던 민호와 서은하가 이 말에 동시에 눈을 돌렸다.

"끝났어요?"

사진작가는 고개를 끄덕이고 등을 돌려 소리쳤다.

"촬영 종료!"

반사판, 조명, 옷과 메이크업 가방을 들고 있던 화보 촬영 스태프들이 모두 환호했다. 공 매니저가 재빨리 핫팩을 뜯어 민호와 서은하에게 내밀었다.

"드디어 유럽에서의 일정이 모두 끝났네요. 고생하셨습니다, 두 분 다."

"공 매니저님도요."

서은하가 웃으며 민호를 돌아봤다.

"그리고 민호 씨도요."

스태프들이 철수 준비를 시작하는 도중, 민호는 서은하와 눈빛을 주고받더니 전망대 쪽을 가리켰다.

"은하 씨, 열차 오기 전에 쭉 둘러보고 올까요?"

"저희 시간 남죠?"

"남아요."

"아아~ 이렇게 남는데 그냥 서 있기도 그러네."

주거니 받거니 민호와 몰래 데이트를 위한 밑밥을 깔던 서은하가 공 매니저에게 고개를 돌렸다.

"공 매니저님, 저희 구경 좀 하고 올게요."

"그러시겠습니까? 그럼 제가 티켓을……."

"아니요! 민호 씨가 알아서 잘 챙길 거예요. 아시잖아요, 독일어 잘하는 거."

"그야 그렇죠, 하하!"

공 매니저는 별 의심 없이 잘 다녀오라고 손을 흔들었다.

두 사람은 그렇게 산장 아래로 걸어 내려갔다. 서은하가 입을 가리고 말했다.

"아침부터 있는 힘껏 촬영한 보람이 있네요."

"은하 씨 피곤하진 않아요?"

"전혀요!"

스태프들이 보이지 않자 서은하가 민호의 팔에 그녀의 팔을 둘렀다. 어쩌면 다른 이들의 눈치를 보지 않고 즐길 수 있는 마지막 데이트일지도 몰랐다. 한국에 가면 팔짱을 낀다거나 손을 붙잡고 밖을 자유롭게 돌아다닐 수는 없을 테니까.

얼굴에 웃음기가 가득한 서은하가 말했다.

"전망대 구경하고 나서 세상에서 가장 높은 우체국은 꼭 들려요. 친구들한테 문자 보냈더니 엽서 써달라고 난리가 아니었어요. 민호 씨는 엽서 쓸 곳 있어요?"

"아, 비숍 씨가……."

"비숍?"

"미국에 있는 친구에게 쓸 편지 하나가 있긴 해요."

전망대로 향하는 초고속 승강기에 오르며 민호가 말했다.

"누가 그러는데 세상에서 가장 높은 우체국은 에베레스트에 있데요. 해발 5천 미터 정도에."

"그럼 세상에서 두 번째로 높은 우체국인 거군요? 자랑 한참 했는데……."

서은하가 실망하는 눈치를 보이기에 민호는 웃으며 대답했다.

"유럽에서 가장 높은 우체국. 이 정도면 의미 있지 않을까요?"

"그렇게 들으니 또 있어 보이네요."

민호와 서은하가 서로 마주 보며 웃음을 나눴다. 별다른 얘기를 하고 있지 않음에도 자꾸만 싱글벙글 입가에 미소가 걸렸다.

엘리베이터가 전망대 층에서 멈췄다.

투명한 유리창 너머, 빙하로 덧입은 알프스의 봉우리가 눈앞에 펼쳐지자 두 사람은 말을 잇지 못하고 구경하기 바빴다.

"민호 씨, 저쪽으로. 망원경으로 독일 흑림지대도 볼 수 있어요."

"천천히 움직여요."

달칵.

문을 열자마자 얼음장 같은 바람이 밀려들었다.

"으으, 추워!"

"안아 줄까요?"

"어서요!"

그저 함께 무언가를 하고 있다는 것만으로 즐거운 이 시간. 서은하에게 이끌려 전망대 외곽으로 나간 민호는 손거울과 반지를 만지작거리며 그녀를 바라보았다. 만년이나 존재한 하얀 설원을 홀린 듯 지켜보는 그녀의 모습은 그 어느 때보다 아름다웠다.

민호는 영원히 지속될 3분간의 추억을 꼼꼼히 눈에 담았다.

[백점만점 아빠의 아가사랑 젖병.]

-1~3세의 유아가 가장 맛있어 하는 우유 온도를 절묘하게 캐치한다.

[자상한 아빠의 살랑살랑 딸랑이]
-1~3세의 유아가 가장 재밌어하는 우스꽝스러운 표정의 달인이 된다.

"에잇!"
인천으로 향하는 에어 아시아나 727항공기에 앉아 있던 민호는 고개를 휘저었다. 그리고 유품 정보를 기록하는 휴대폰 메모장에서 젖병과 딸랑이에 관련된 문구를 지워 버렸다.

미 펜실베니아주, 케네트 스퀘어.
오래전에 은퇴해 한적한 시골마을에서 지내고 있던 CIA 전 정보분석요원, 네이든은 늦잠을 자고 일어난 아침 하품을 하며 현관문을 열었다.
요즘 들어 부쩍 살이 붙는 것이 아침 신문을 가져오기 위해 앞마당에 내려가는 것조차 숨이 가빴다.
『너무 게을러졌나? 운동 좀 해야겠어.』

끙 하는 신음과 함께 잔디밭 위의 신문을 줍던 네이든은 고개를 돌리다 우체통에 편지가 도착해 있는 것을 발견했다.

발신자의 이름이 없는 엽서였다.

'누가 보낸 거지?'

발송지에는 유럽에서 가장 높은 곳에 있는 우체국의 직인이 찍혀 있었다. 뒷면의 글귀를 확인한 네이든은 이것이 한 전설적인 요원의 실종 탓에 강제 폐기했었던 암호임을 확인하고 눈이 커졌다.

『설마…….』

집으로 돌아와 마룻바닥의 비밀공간에서 상자를 꺼냈다. 빛바랜 난수표 하나를 손에 쥐고 서재에 앉아, 신중한 표정으로 하나하나 해독해 옮겨 적었다.

네이든은 결과물을 보고 이내 껄껄 웃고 말았다.

─작전명 '페이스오프' 실패. 제길, 세상에 그런 건 없어. 난 실패했지만 '다이어트플랜'은 성공하길 빌게.(손글씨)

임무 형식을 빌어 전해진 친구의 농담.

한참을 웃다가 시야에 물기가 어린 것을 느낀 네이든은 옷깃을 들어 눈가를 닦아냈다.

'고마워, 비숍.'

실종된 그를 찾지 못한 허탈감에 은퇴했던 것이 벌써 수년 전. 왠지 마음의 위로가 되는 기분이었다.

따리리릭.

탁자 위의 전화가 울렸다. 네이든은 수화기를 귀에 댔다가 눈이 커졌다.

『에릭 부국장님? 오랜만입니다. 마침 전화 드리려고 했어요. 비숍이 아직 살아 있는 것 같아서요. 전략팀을 꾸려 실종 사건을 다시 한 번 조사해 보시는 것이…….』

─그 얘기는 어디서 들었지?

네이든은 엽서를 흘끔 바라봤다. 비숍이 자신만 볼 수 있는 암호로 보낸 이상 공개되는 걸 원치 않았으리라는 생각이 들었다.

『아닙니다. 그냥 궁금해서요. 그 친구 사라진 지 벌써 10년이나 됐으니.』

─취리히에서 일이 있었어. 블레이크에게 보고가 들어와 판단 중이지만 능력만큼은 그와 똑같아. 자세한 얘기는 만나서 하지.

『만나다니요?』

투두두두─

멀리서 헬기의 프로펠러가 돌아가는 소리가 들려와 창밖으로 시선을 던졌다.

—지금쯤 도착했겠군. 랭리로 오게나. 비숍이 돌아올지 모르는데 그의 단짝이 CIA에 없으면 섭섭하지. 네이든. 이참에 복귀할 생각 없나? 마침 유럽지부 정보팀장이 공석이야.

Relic : 금고 전문가의 청진기.

Effect : 착용하면 금고를 비합법적으로 여는 전문 지식이 떠오른다.

Relic : 정보요원의 분석능력이 가미된 손거울.

Effect : 거울에 비친 대상의 말투와 행동을 자연스레 흉내 낼 수 있다.

Cross Relic : 반지와 손거울의 첩보요원 2종 세트.

Effect : 3분간 목격한 모든 것을 되감기하듯 다시 분석해 볼 수 있다.

High Relic : 황금사자상.

Effect : 미상.

45.
일상, 인기, 그리고……

10월의 마지막 주 월요일.

민호는 근 3주 만에 갖는 정상적인 출근길에서 공 매니저로부터 뜻밖의 소식을 전해 들었다.

"라이벌이요?"

"네. AT엔터, 코엔, C&J 같은 대형 기획사에서도 민호 씨를 벤치마킹해 남자 신인을 준비 중이랍니다. 사장님께서는 대세를 탔다는 증거라고 아주 좋아하고 계십니다."

"에이, 대세는 무슨. 길에서도 저 알아보는 사람 얼마 없어요."

민호의 대구에 공 매니저는 밝은 웃음과 함께 말했다.

"로드 시절부터 여러 연예인을 봐왔지만, 방송 나갔다 하면 실검 1위를 찍는 분은 민호 씨가 유일합니다. 겸손도 민호 씨의 매력이긴 하지만 너무 빼시는 것도 좀 그렇습니다. 이제는 그냥 연예인이 아니라 인기 연예인 대열에 충분히 올라섰습니다. 안 그래, 시완아?"

뒤쪽에 앉아 있던 김 코디가 고개를 끄덕이며 말했다.

"맞아요. 지난주 '사계절의 행운' 끝나고 장난 아니었어요. 민호 형 예고편으로 잠깐 나온 것뿐인데도 실검에 올랐잖아요. 피아노 치는 모습 대박 멋있다고."

민호는 피아노 얘기가 나오자 언제 어떻게 부탁할지 모른다는 생각에 얼른 화제를 돌렸다.

"공 매니저님, 이번 주 스케줄은 어떻게 되죠?"

밴이 신호 앞에 멈추자 공 매니저가 서류를 내밀었다.

"새롭게 섭외 들어온 프로그램 중에 확답을 주셔야 할 것이 있습니다. 지난번에 좋다고 하셨던 프로 외에도 추가해 두었으니 천천히 확인해 보시고 말씀해 주세요."

'더 스마트' 마지막 회를 촬영하고 나면, 당분간 '메디컬 24시'밖에 고정 프로그램이 없었기에 민호도 고민하며 서류를 훑어보았다.

더 다양한 애장품을 발견하기 좋게 전문직의 사람들과 많이 마주칠 수 있는 프로그램이 우선. 기존에 가지고 있는 애장품과 유품을 마음껏 활용해 볼 수 있는 프로그램이 차선.

나머지는 전부 배제했다.

'이 정도인가?'

민호는 펜을 들어 표시를 한 프로그램 목록을 다시 한 번 보았다.

【달인의 조건】

청년실업 150만의 시대. 세상에서 하나뿐인 달인을 찾아가 일을 배우고, 어려움을 나누며, 이 시대 직업의 참 의미를 되새겨보는 시간.

※ 강민호가 아니면 시작 안 한다고 나 PD님이 강조.

【맨 앤 정글】

일상 탈출. 광활한 대자연 속에서 펼쳐지는 젊은이들의 고군분투 생존기.

※ 출발 전에 생존 전문가와 함께하는 교육프로그램을 이수해야 함.

【불후의 음반】

과거의 명곡들을 현역 가수들의 목소리를 통해 듣고 추억을 공유하는 장수 프로.

※ 윤이설과 함께 섭외. 편곡자로 참여해 주길 원하고 있음.

【영화 '더 리얼'】

액션스쿨 'SSONG'의 대표이자 스턴트 감독 송도하의 데뷔작.

할리우드식의 눈속임 액션이 아닌 진짜 액션을 추구.

※ 카 액션을 위한 운전교육 필요.

【홍은숙 작가의 다음 드라마】

천재 능력자가 보여주는 기상천외한 사랑. 트렌디 드라마의 틀
을 깬 화제작이 될 것이라 자신함.

※ 이미 약속 다 되어 있다고 사인만 하라고 연락이 옴.

'나 PD님은 어떻게 이렇게 내 취향을 딱 저격한 프로를 기
획하셨는지 모르겠어.'

워낙 꿍꿍이가 많은 PD인 터라 가서 무슨 일을 당할지는
모르지만, 일단 가장 기대되는 건 '달인의 조건'이었다. 한
분야에 극에 달한 사람 치고 애장품 없는 이는 드물다는 걸
몸소 체감하고 있으니까.

정글에 가는 것은 생존 전문가와의 훈련이 끌렸고, 음악프
로는 이설이를 돕기 위한 측면이 컸다. 액션영화는 붕붕이로
실컷 연습했던 스킬들을 활용해 볼 수 있는데다, 무술의 고
수를 만날지도 모른다는 기대감에 승낙했다.

'그나저나 홍 작가님은 정말 날 주인공으로 드라마 대본을

만드실 생각인 건가? 연기야 손거울이 있으니 그리 부담은
안 되지만서도……'

민호는 홍 작가 때문에 얻은 셀캠의 영상을 떠올리자 그도
모르게 실실 웃음이 나왔다. 휴대폰에도 저장해 놓고 매일
자기 전에 한 번씩 보는 서은하의 애교.

―나 꿍꼬또. 기싱 꿍꼬또……. 아이참, 홍 작가님. 귀신
꿈을 왜 꿔요? 민호 씨 꿈꿔야죠.

다시 한 번 영상을 보며 민호는 드라마 스케줄 때문에 한
국에 와서 얼굴 한 번 보지 못한 서은하가 벌써 그리워지는
기분이었다.

매일 밤샘 촬영을 하는 통에 피곤해할까 봐 전화도 못 했
다. 오늘은 문자라도 넣어 봐야지.

"참, 민호 씨."

공 매니저가 KG 사옥의 주차장으로 밴을 몰아 들어가며
말했다.

"사장님께서 스케줄 전에 한번 뵙자고 하셨습니다. 중요
하게 할 말씀이 있으시다고."

"사장님이요?"

민호는 사옥 내부로 들어와 복도를 지나다 걸음이 멈추고
말았다. KG의 대표 연예인들이 걸려 있는 액자들 틈에 자신

의 얼굴도 덩그러니 걸려 있었기 때문이었다.

'뭐야? 표정 되게 어색하네.'

약 4개월 전 찍었던 프로필 사진 속의 자신은 세상 물정 모르는 청정한 남자 그 자체처럼 보였다.

"선배님, 안녕하세요!"

앳된 얼굴의 연습생들이 복도를 지나가다 고개를 꾸벅 숙여 인사해 왔다. 민호는 덩달아 고개를 숙이면서 물었다.

"선배? 저요?"

"네, 선배님. 언젠가 저희 노래 좀 들어주세요."

존경이 가득한 눈길로 자신을 바라보는 연습생들을 보며 민호는 새삼 놀랄 수밖에 없었다. 벽의 액자도 그렇고 새 계약을 위해 이곳에 첫발을 내디뎠을 때만 해도 상상조차 하지 못했던 일이었다.

공 매니저와 김 코디는 그저 미소를 지으며 민호의 뒤를 따라왔다.

"민호 선배님!"

"선배님, 처음 뵙겠습니다. 저는……."

게임단 숙소에서 후배들이 자신을 부르는 것과는 다른 느낌이었다.

민호는 엘리베이터 앞까지 걸어가며 아이돌 지망생, 배우 지망생으로부터 수차례 인사를 받았다. 모르는 얼굴이 태반이었음에도 상대 쪽에서 먼저 친근하게 말을 건네 왔다.

'인지도가 오르긴 했나 봐.'

데뷔만 못했다 뿐이지 분명히 자신보다 KG 사옥에 드나든 경험이 많을 텐데도 전부 깍듯하게 인사를 해왔다. 민호는 연예계에서만큼은 인기가 곧 생명이라는 사실을 몸으로 체감하며 내심 뿌듯함을 느꼈다.

어쩌면, 인기 연예인이 됐다는 공 매니저의 말은 전혀 과장된 것이 아닐지 몰랐다. 아직은 그다지 자각이 없지만 말이다.

민호가 엘리베이터 안에 올라타자 공 매니저는 3층과 5층을 눌렀다.

"민호 씨, 저는 팬미팅 행사 자료를 준비하고 있겠습니다."

"저도 사장님과 미팅 끝나고 작업실로 갈게요."

공 매니저와 김 코디가 3층에서 내리고, 민호는 사장실이 있는 5층에서 내려섰다.

작은 홀로 걸어 들어가니 비서가 곧바로 문을 열었다.

"강민호 씨 도착했습니다."

사무실의 넓은 공간 저편에 앉아 있던 임소희가 의자를 돌렸다. 정갈한 오피스룩을 입고 있던 그녀는 민호를 보고 웃으며 자리에서 일어났다.

"어서 와요, 민호 씨. 앉아요. 먼 거리 움직이느라 여독이

풀렸는지 모르겠네요."

"며칠 쉬었더니 컨디션은 괜찮⋯⋯."

민호는 소파에 앉다가 벽면에서 반복적으로 흘러나오는 영상을 발견하고 흠칫 놀랐다. 지난주 방영된 드라마 말미에 잠깐 나갔던 예고편이었다.

피아노를 열정적으로 치는 자신의 모습이 수 초간 나오고, 그것을 발견해 놀라는 서은하의 얼굴이 클로즈업되는 화면.

중요한 얘기로 부르면 항상 부담스러운 일거리를 주는 임소희였기에 민호는 먼저 선수를 쳤다.

"피아노는 오래전에 그만두었어요. 다시 도전하고 싶은 분야가 아닙니다. 이걸 보여주는 예능 같은 건 사양할게요."

마치 트라우마가 있는 척, 서글픈 표정을 가장하며 민호는 사장의 눈치를 살폈다.

임소희는 싱긋 웃으며 말했다.

"저는 외부적인 계약 사항만 조율할 뿐, 프로그램을 선택하는 권한은 전적으로 강민호 씨와 공 매니저에게 일임할 생각이에요. 민호 씨는 음악부서의 실무자기도 하니까 건의할 것이 있다면 부담 갖지 말고 언제든 말해요."

안심한 민호가 물었다.

"중요한 이야기는 뭔가요?"

"우선 이것부터 보시겠어요?"

민호는 화면에 자신의 이번 주 스케줄표가 떠 있는 것을 확인했다. 출국 전에 미뤄두었던 자잘한 방송을 제외하면, 굵직한 스케줄은 세 개였다.

수요일의 '메디컬 24시', 금요일에 생방으로 진행되는 '더 스마트' 결승, 주말의 팬미팅 행사.

임소희는 레이저 포인터로 수요일과 금요일을 가리켰다.

"민호 씨가 출연하는 두 고정 프로그램 모두에 이번에 새로 투입되는 사람이 한 명 있어요. '메디컬 24시'는 고정 참여자로, '더 스마트' 결승은 패널로."

'그게 왜요?' 하는 눈길이 된 민호에게 임소희의 설명이 이어졌다.

"다른 기획사에서 민호 씨를 따라 신인을 준비 중이라는 소식 들었어요? 스마트하고 능력이 출중한 젊은 남자. 이른바 '엄친아' 스타일의 종합엔터테이너."

"아까 공 매니저님께 얼핏 들었어요. 그런데 엄친아 포지션이었나요, 제가?"

당연하다는 듯 고개를 끄덕이는 임소희.

"민호 씨는 그 정점에 있죠."

엄친아라 함은 집안 좋고, 성격도 밝고, 공부도 잘하고, 인물도 훤한 모든 면에서 뛰어난 젊은이를 말한다.

아무리 인지도가 올랐다 해도 이건 좀 과분한 칭찬이라는 생각이 들자 민호는 머쓱한 표정을 지었다.

"만약 그들이 '제2의 강민호'라는 타이틀로 방송에 나온다면, 민호 씨의 이름이 갖는 선점 효과 때문에 오히려 득이 될 거예요. 하지만……."

임소희는 화면에 이십 대 후반의 한 남자의 얼굴을 띄웠다. 건장한 체격에 눈빛까지 살아 있는 훈남이었다.

"그 일이 벌어지기 전에 누군가 민호 씨가 출연하는 프로그램에 나와 민호 씨보다 더 주목을 받는다면 '제2의 강민호'는 사라지고 말아요."

민호는 임소희가 읊어주는 훈남의 스펙에 놀랄 수밖에 없었다.

이름 정승기. 명문대 치의학과 졸업생. 해외파병을 다녀온 군필자. 대학가요제 금상 수상. 미국의 고등학교에서 수영선수로 지냄. 현재 치대병원 인턴 준비 중. 노래와 연기 모두 안정적이라는 평가.

체력과 지식을 겸비한 엄친아가 있다면 바로 저 사람이리라.

"AT엔터에서 공격적인 투자를 감행했어요. 연예계에 별로 관심이 없던 사람을 움직일 정도로. 거기다 인맥을 총동원해서 민호 씨가 출연하는 프로그램에 저 정승기라는 사람을 밀어 넣었죠."

KG와 라이벌이라 할 수 있는 기획사에서 자신을 노리고 섭외부터 철저히 준비하고 있었다.

민호는 이 사실을 전해 듣고 임소희 사장이 걱정 때문에 자신을 불렀다고 판단했다. 그러나 바로 이어진 임소희의 말은 전혀 달랐다.

"AT엔터 기획팀은 착각하고 있어요."

"착각이요?"

"능력이 출중하다고 주목을 받고 방송이 재밌어지는 것이 아니에요. 민호 씨처럼 시청자의 마음을 움직일 수 있는 사람이 방송을 이끌어 가는 거죠. 민호 씨 방송에는 진심이 있거든요."

'지, 진심?'

임소희의 진지한 눈길에 민호는 헛웃음이 나왔다. 애장품을 사용하는 것만 생각하다 얻어걸렸을 경우가 많기에 뜨끔하지 않을 수 없었다.

"방송 트렌드는 계속 변해요. 있어 보이는 사람, 스펙이 훌륭한 사람의 가치는 시청자 대다수에게 의미가 없어요. 그들이 조금이라도 열광할 수 있게, 웃거나 울게 만들 수 있는 사람이 오히려 대접받죠. 그러니 민호 씨는 지금처럼 걱정 말고 방송에 임해 주셨으면 좋겠어요. AT엔터가 지금보다 더러운 수를 쓰는 건 제 선에서 차단할 테니까."

결국, 앞으로도 기대한다는 결론이 나오자 민호는 속으로 한숨을 내쉴 수밖에 없었다. 자신에 대한 과대평가에 '저 그런 사람 아니에요'를 연발할 수도 없는 일. 당장 정승기라는 사람을 수요일에 만나면 어떻게 대해야 할지부터 고민이었다.

"그냥 뭐, 또 열심히 해볼게요."

"이제는 민호 씨가 어떤 일을 해도 잘될 것이라는 확신이 있어요."

"그렇게 확신은 안 하셔도……."

임소희는 만족스러운 웃음과 함께 문서 하나를 내밀었다.

"그리고 민호 씨에게 새로 숙소를 지급할 계획이에요."

"숙소요?"

"지금처럼 게임단 선수들이 몰려 있는 장소보다는 민호 씨 개인 일에 집중할 수 있는 보금자리가 필요할 것 같아서요. 깨끗하게 치워뒀으니까 확인해 보세요."

그러지 않아도 약간 넓은 방이 필요하긴 했다. 수집품은 늘어 가는데, 숙소 안에서 지낼 공간은 그대로였으니까.

민호는 임소희에게 새 숙소의 주소가 적힌 문서를 건네받아 사무실을 나왔다. 엘리베이터를 기다리며 휴대폰으로 위치를 검색하다 '응?' 하고 다시 한 번 확인했다. 언젠가 가본 적이 있는 장소 같았던 것이다.

'소라가 지내는 곳 아니야?'

KG엔터테이먼트에서도 잘나가는 연예인에게만 지급하는 강남 한복판의 고급 오피스텔. 사옥 복도에 사진이 걸리게 된 것과 무관하지 않은 일이기에 민호는 부담감이 들면서도 한편으로는 어깨가 들썩였다.

그날 저녁.

민호는 붕붕이를 끌고 서울 근교에 자리한 본가로 향했다. 30분 정도 운전한 끝에 어릴 적부터 지내온 정겨운 풍경과 마주했다.

2층의 전원주택 앞에 주차를 끝마치고, 현관문을 열었다.

"아버지, 저 왔어요!"

거실의 불빛은 꺼져 있으나 서재 쪽에서 빛이 보여 그곳으로 향했다.

똑똑.

"아버지."

대답이 없어 문을 슬쩍 열고 안을 확인한 민호는 평소처럼 의자에 앉아 있는 윤환을 발견했다. 자신이 왔는데도 아무 반응조차 하지 않고 허공을 응시하고 있는 그의 분위기는 평소와 조금 달랐다.

"아버지?"

이 부름에 윤환은 천천히 민호에게 고개를 돌렸다.

민호는 윤환의 착 가라앉은 눈빛을 마주하고 움찔하지 않을 수 없었다. 마치 절대적인 힘을 가진 존재가 하찮은 무언가를 바라볼 때 보일 법한 눈길. 저 눈빛 앞에 민호는 한없는 약자였다. 그러나 그것은 지극히 짧은 순간이었고, 윤환은 곧 평소의 눈빛으로 돌아왔다.

"왔구나."

"방금 뭐였어요?"

"뭐가?"

"아버지 눈빛이 장난 아니었는데."

윤환은 이 말에 탁자 위에 있는 황금사자상을 가리켰다.

"아, 저거 때문이야. 잠시 옮았어."

"옮아요? 우와, 길들이셨군요!"

민호는 황금사자상에 어려 있던 붉은빛이 사라진 것을 보고 기대감에 불타올라 물었다.

"저 만져 봐도 되죠?"

"글쎄다."

"길들였는데도 만지면 따갑고 그래요?"

"그런 문제가 아니라……."

윤환은 백 마디 말보다 한 번의 경험이 낫겠다 싶어 민호를 손짓해 불렀다.

"살짝 건드리기만 해봐."

재빨리 다가온 민호는 사자의 머리를 손끝으로 톡 건드렸다.

찌릿한 느낌이 손에 머무는 것과 동시에 삽시간에 서재가 사라지고, 주위의 전경이 17세기의 어느 야외전장으로 돌변했다.

−진격!

르네상스 시대의 복장을 갖춘 병사들이 밀집해 있는 광경. 민호가 놀라기 무섭게 테르시오라 불리는 전투대형의 군대가 이동을 시작했다.

−무기를 들어! 적이다!

전방에서 먼지를 휘날리며 무섭게 돌진해 오는 적 보병들의 압도적인 용맹함에 민호는 움찔했다. 그러다 등 뒤에서 천지를 진동하는 화승총의 불꽃이 뿜어져 나왔다.

'헐, 여긴 어디야?'

민호는 실제와 똑같은 전쟁 상황을 눈앞에서 겪으며 장창병들 틈에서 혼란에 빠졌다. 분명히 환상인 것을 알고 있음에도 다가오는 장창을 피해 절로 허리가 숙여졌다.

탁.

팔을 허우적거리는 민호의 뒷덜미를 윤환이 낚아챘다. 민
호는 먼지 사이로 상대 진형의 화승총에서 일제히 불이 뿜어
져 나오는 것을 보고 눈을 질끈 감았다가 떴다.

지극히 진짜 같았던 환상은 사라지고 다시 서재가 눈에 들
어왔다.

"휴우."

민호는 안도의 한숨을 내쉴 수밖에 없었다.

"이게 뭐예요, 아버지?"

"그 주인이 원하는 것."

"전쟁이요?"

"그래. 네가 이걸 만지면 안 되는 이유는 단순해. 네가 이
걸 조종하는 게 아니라, 주인에게 역으로 휘둘리거든."

지금 같은 시대에 전쟁하겠다고 장창을 들고 설치면 난리
도 아닐 것을 알았기에 민호는 고개를 끄덕였다.

'그래도 능력은 뭘지 궁금해.'

민호의 눈빛에 윤환은 사자상을 만지작거리며 말했다.

"급이 다른 유품이라고 해서 효과가 더 좋은 건 아니야.
색이 붉은 건 대부분 아주 오래전의 사회에 익숙한 이의 욕
망과 관련이 있거든. 지금 시대에는 이해할 수 없는 사고방
식을 강요할 경우가 많아. 유품이라는 말보다는 유물이라는
말이 어울리지."

윤환의 눈빛이 다시 착 가라앉은 것을 본 민호는 그제야 황금사자상의 능력이 저것이라는 것을 깨달았다.

"그걸 만지면 르네상스 시대의 왕이 된 것 같은 기분이 되는군요?"

"비슷해. 이 황금사자상을 소유했던 왕처럼 땅을 정복하는 것에 관심을 쏟은 이의 유물은 그나마 양호한 편이야. 종교적 영향력을 행사했던 이의 유물이면 심각하지. 신념이 다른 이에게 희생과 죽음을 강요하거든."

"우오!"

무언가 심오한 이야기를 하는 윤환을 보며 민호는 존경심이 가득한 눈길이 됐다. 자신도 언젠가 저렇게 있어 보이는 이야기를 자식에게 아무렇지도 않게 해줄 날이 오리라는 기대감도 들었다.

"아버지."

"왜?"

"이것보다 더 높은 급의 물건도 있나요? 할아버지 수준에서만 길들이는 게 가능한."

윤환은 이 질문에 잠시 머뭇거리더니 말했다.

"굳이 알 필요가 있을까? 이런 물건도 평생에 한 번 볼까 말까 한데."

"그래도요."

"있기야 있지."

"오오!"

윤환은 혀를 끌끌 차며 말했다.

"원하는 물건이나 하나 말해. 약속은 약속이니까."

일전에 황금사자상을 넘겨주며 했던 요구를 들어준다는 말에 민호의 표정이 확 밝아졌다.

"잠깐만요, 생각 좀 해보고요."

윤환은 황금사자상을 정리해 진열장에 올려두며 말했다.

"민호 너 사귀고 있다는 애인 말인데, 관계는 어느 정도나 진전됐어?"

"그걸 왜 물으세요?"

"요즘은 우리 때랑 다르게 자유롭지 않나? 가문의 대를 이을 장손이 갑자기 생기면 어째, 나도 준비해야 하잖아."

"아버지!"

민호는 얼굴이 확 붉어져 고개를 저었다.

"요즘 얘기가 나와서 말인데, 가문이니 집안의 대를 이어야 하느니 하는 문제가 중요한가요? 스위스의 그 탄탄한 금고에 아기용품만 한가득인 것도 그렇고. 아버지나 할아버지는 너무 구식 같아요."

"그래도 속도위반 하면 바로 보고해라."

"은하 씨와는 절대 그런 일 없을 거거든요? 결혼하면 했지."

"결혼 생각은 있나 보네? 그렇게 예쁘냐?"

어째 자꾸 말리는 기분에 민호는 고개를 휘저었다.

"됐어요. 보상 말인데 거창한 것보다 당장 필요한 물건을 받는 게 좋을 것 같아요. 아버지 혹시 노래 같은 거 보조해 줄 수 있는 물건 있어요?"

"노래는 왜? 가수 하게?"

"이번에 AT엔터에서 저를 견제하려고 나온 사람이 있는데 엄친아에다가 연기, 노래까지 잘한다네요. 제가 다른 건 어떻게 하겠는데 노래는 아직……."

"가만있자. 기다려 봐."

윤환은 멋들어진 환영이 나오는 금고가 아닌 서재 뒷방의 창고로 들어갔다. 잠시 후, 먼지가 잔뜩 묻은 카세트 오디오를 들고 나왔다.

민호는 보자마자 인상을 찌푸렸다.

"그렇게 큰 건 들고 다닐 수가 없잖아요."

"기다려 봐, 인석아."

카세트 오디오의 버튼을 연 윤환은 안에서 테이프 하나를 꺼냈다.

"이게 아마 실력 괜찮았던 가수가 남긴 유품일 거다."

"효과가 뭔데요?"

윤환이 카세트테이프를 민호에게 던졌다.

"알아서 확인해. 저녁은 먹고 왔냐?"

"아직이요."

"오랜만에 삼겹살이나 구워 먹을까?"

"좋죠! 숯불로? 아님 솥뚜껑 불판으로?"

"응, 일단 읍내에 가서 삼겹살 두 근부터 사와."

"어, 없어요?"

"왜? 싫으면 그냥 가고."

고기도 없이 먹자는 말을 꺼낸 윤환이 서재 밖으로 나가 버렸다.

아버지에게는 무조건 잘 보여 둬야 떨어지는 콩고물도 많다. 민호는 한숨을 쉬면서도 이것을 알기에 거실로 나오며 소리쳤다.

"아버지! 소주도 한 병 사올까요?"

Relics : 젖병, 딸랑이, 강아지 인형, 아기 신발, 오르골.

Effect : 유아를 돌보는 기술이 비약적으로 상승한다.

High Relic : 태양왕의 사자상.

Effect : 정복을 좋아했던 왕의 위엄이 깃든다.

Relic : 무명가수가 사랑한 팝송 모음 카세트테이프.

Effect : 열다섯 곡에 담긴 유명 가수들의 호흡과 발성을 따라 할 수 있다.

46.
애장거탑—날씨와 건강 (1)

　－10월 29일 수요일, 오늘 우리나라는 전국이 맑고 쾌청합
니다. 서울은 아침 기온 7도로 제법 쌀쌀하겠고, 낮 기온 22
도로 일교차가 심해서 환절기의 건강 관리에 유의해야겠습
니다.

　민호는 자동으로 켜진 오디오에서 들려오는 소리에 잠에
서 깨어났다. 그리고 눈에 들어온 익숙지 않은 방의 풍경에
잠시 주위를 두리번거렸다.

　뒹굴뒹굴 굴러도 떨어지지 않을 더블사이즈 침대 위로 채
광창에서 밝은 햇살이 밀려들어 오는 중이었다.

　'아, 이사했지.'

　몽롱한 정신 속에서 이곳이 어제 늦게까지 짐 정리를 했던 새 보금자리라는 것을 깨닫고, 민호는 하품하며 상체를 일으켰다.

—······주말까지 비 소식이 없으니 가을 나들이를 계획하신 분들은 이 기회에······.

전에 이 방에서 지냈던 누군가가 맞춰놓은 타이머 때문인지 날씨를 알리는 라디오가 6시부터 저절로 흘러나왔다.

민호는 오전 9시부터 시작될 '메디컬 24시' 스케줄을 준비하기 위해 침실을 나왔다. 널찍널찍 배치된 가구들을 지나 블루톤 타일이 깔끔하게 박혀 있는 욕실 안에 들어섰다.

"그러고 보니 꽤 쌀쌀해졌어."

찬물이 아닌 온수를 틀어 얼굴을 적시며 민호는 으슬으슬한 몸을 달랬다.

20분 만에 준비를 끝마치고 나왔다. 공 매니저로부터 앞에 도착해 있다는 문자가 와 있었다.

숙소가 시내 중심부에 있다 보니 여느 때보다 일찍 도착한 모양이었다.

대충 옷을 입고 애장품이 든 백팩을 챙겨 현관문을 열었다. 민호는 '삐빅' 하는 소리와 함께 자동으로 잠기는 문을 다시 열어 익숙지 않은 암호를 체크해 보았다. 그러다가 건너편 집의 문이 열리고 초췌한 표정의 아가씨 넷이 우르르 나오는 것을 발견했다.

다들 고개를 푹 숙인 채 좀비처럼 비치적거리며 엘리베이터 쪽으로 걸어갔다.

'어디서 많이 봤는…….'

마지막으로 나선 눈이 퉁퉁 부은 한 사람을 본 민호는 미소를 지으며 말했다.

"소라, 안녕."

이 부름에 한 오소라가 움찔 걸음을 멈추고 시선을 돌렸다. 그녀는 밤늦게 끝난 스케줄과 새벽 출근의 2연타로 판다 얼굴상이 되어버린 자신의 몰골을 숨기기 위해 등을 휙 돌려 못 본 척 걸어 나갔다.

"어이, 소라."

"잘못 보셨습니다."

입을 가리며 일부러 걸걸한 목소리를 내는 오소라. 민호는 피식 웃으며 그녀 옆으로 따라붙었다.

"나 어제 여기로 이사 왔어."

"정말요?"

오소라가 눈도 거의 뜨지 못한 채로 민호를 올려다보았다. 민호는 그 모습이 우습기도 하고 귀엽기도 해 장난스런 눈빛과 함께 머리를 꾸벅 숙였다.

"어이쿠. 소라 아니었네. 죄송합니다."

"오빠!"

"후후."

앞서 복도를 걷던 펑키라인 멤버 셋도 고개를 돌려 민호를 확인했다.

"민호 오빠다!"

"유럽 잘 다녀오셨어요?"

"저 소라 언니랑 결승전 응원했어요!"

민호는 눈인사로 화답한 뒤에 오소라에게 시선을 돌렸다.

"이제 이웃인데 앞으로도 이렇게 마주치면 모른 척할 셈이야?"

"봐서요."

"소라야, 우리가 남이야? 나 PD님의 압박에서 버텨낸 전우라고 전우. 볼 거 못 볼 거 다 봤는데 그냥 편하게 대해."

"만날 놀리면서 편하게는 무슨."

오소라가 날카롭게 째려보자 민호는 턱을 긁적이며 웃음으로 얼버무렸다.

"그나저나 이사온 김에 다 불러서 집들이 한번 할까 하는데. 요새 펑키라인 스케줄 어때?"

"축제 끝물인 주간이라 좀 바빠요. 11월이 낫긴 한데, 바로 다음 주에 중국이랑 동남아 쪽 쇼케이스 가야 해요."

"주말밖에 시간 없겠구나. 좋아, 그때 하자. 바로 앞집에 사는 이웃을 초대 안 할 수야 없지."

"주말?"

오소라는 부은 눈을 비비고 있던 손가락 사이로 민호의 입술에 슬며시 눈길을 두었다. 그러다 지난번, 미술관 옥상에서 몰래 하려다 실패한 그것이 자꾸 눈에 밟혔다.

"집들이 때 술을 그냥……."

"응?"

"아니에요."

오소라는 남몰래 부푼 기대를 하며 물었다.

"오빠는 오늘 무슨 스케줄이에요?"

"메디컬 24시."

"그거 24시간 동안 하나도 안 쉬고 찍는 거죠? 휴. 고생해요, 오빠."

"너네 이틀 동안 농사짓는 것만 하겠어? 나 유럽에 있을 때 한 추수 특집 기사 보니까 벼 베다가 죄다 쓰러졌다며?"

"나 PD님이 콤바인으로 낚시하셔서……."

오소라는 안에 올라타며 생각하기도 싫다는 듯 씁쓸한 표정이 됐다.

딩동.

엘리베이터가 10층에 도착했다. 민호는 안에 올라타며 오소라의 어깨를 토닥였다.

"다음번엔 농기계 다루는 법 좀 배워봐."

"오빠가 또 나와서 도와주면 되죠."

"내가 왜?"

민호는 고개를 흔들었다. 이장님의 경운기처럼 새로운 농기계 애장품을 발견하면 모를까 보람 없는 예능은 사절이었다.

"맞다. 나 PD님은 민호 오빠 무서워서 보통 일 갖고는 섭외 안 한다고 했어요. 그래도 KBC 예능국장님은 고정 섭외를 해보라고 난리를 피운대요."

"그래?"

같은 방송국에서 야심차게 준비 중인 '달인의 조건'을 수락한 이상, 예능국장이 청춘일지에 특별출연해 달라고 요청이라도 하면 어쩔 수 없이 나가야 할 공산이 컸다.

공중파의 예능국과는 관계를 돈독히 쌓아둘수록 좋다는 공 매니저의 조언은 지극히 옳은 말이니까.

민호는 그랬기에 오소라에게 말했다.

"혹시 청춘일지 제작진 쪽에서 내 얘기 꺼내면 전해. 내가 강제로 소환되면 어떤 미션이든 절대 사정 안 봐준다고. 완전 다큐로. 시청률 팍팍 떨어질지도 몰라."

"와, 듬직해. 오빠, 꼭 나와요."

"싫다고."

"이잉."

"그 눈으로 어울리지 않는 애교 부리지 마."

민호의 핀잔에 한쪽에 서 있던 펑키라인 멤버들이 입을 가리며 웃었다.

"야, 아퍼! 그렇다고 꼬집냐?"

1층에 엘리베이터가 도착했다. 민호는 밖으로 나서며 지하 주차장이 있는 B1 층으로 향하는 펑키라인에 손을 흔들었다.

"잘 가."

"민호 오빠, 집들이 때 봐요!"

오피스텔 건물 밖으로 나온 민호는 대로에 정차 중인 밴을 발견하고 올라탔다.

"좋은 아침이에요, 공 매니저님."

"어서 오십⋯⋯."

운전석의 공 매니저가 고개를 돌려 인사하다 콜록 기침했다. 민호는 마스크까지 쓰고 있는 그를 보며 놀란 눈길이됐다.

"감기 걸리셨어요?"

"네, 면역력이 떨어져서. 수아에게 옮길까 봐 당분간 집에 못 들어갑니다. 고것이 아빠아빠 거리는 맛에 사는데⋯⋯."

수아는 공 매니저의 두 살배기 딸이었다. 민호는 '저런' 하고 혀를 차다 뒷좌석의 김 코디도 마스크를 쓰고 있는 것을 발견했다.

"시완이 너도?"

끄덕끄덕. 말을 잇지 못하고 목을 가리키는 것이 김 코디는 편도선까지 심하게 부은 모양이었다.

'환절기가 무섭긴 무서워. 오늘 일교차 크다고 했지?'

민호는 대충 걸치고 나온 옷깃을 여미고 김 코디가 내민 손 소독약을 발라 슥삭 비볐다.

"병원 스케줄이라 천만다행이네요. 둘 다 꼭 진료받아요."

AN 병원 동관 앞에는 방송국 장비 차량이 늘어선 채로 '메디컬 24시' 4회 차 촬영 준비가 한창이었다.

민호는 아직 30분의 여유가 있었기에 여느 때처럼 응급실부터 찾았다. 지난 2, 3회 차의 촬영 때도 최임혁 교수의 방에 들러 애장품을 빌려 왔기에 익숙한 발걸음이었다.

곧 응급실이 한눈에 보이는 2층의 사무실 앞에 도착했다.

똑똑.

문을 두드렸으나 대답이 없었다.

'안 계신 건가?'

민호는 휴대폰을 들어 최임혁 교수의 번호를 눌렀다.

―오, 민호 군.

"교수님 아직 출근 안 하셨어요?"

―어제 지방 세미나가 있어서 지금 복귀하는 중이야. 점심 쯤에 도착할 것 같아. 지금 내 사무실인가?

"네, 앞이에요."

―잘됐군. 매번 빌려가던 건 서랍 안에 있네. 그거 챙긴 다음에 책상 위에 있는 자료 좀 치수한테 가져다주겠나? 오늘 교수회의 대리 참석해야 한다고도 전해 주게.

민호는 문고리에 손을 올렸다가 달칵하고 열리는 것을 확인했다.

"명색이 교수님 방인데 보안이 너무 허술한 거 아니에요?"

―훔쳐갈 게 뭐가 있다고. 아무튼 오후에 보세나. 내 긴히 할 얘기도 있으니까.

민호는 최임혁의 애장품, 타고 남은 해부학 교재를 가슴팍의 주머니에 담은 뒤에 책상 위의 회의 관련 서류를 손에 들었다.

'무슨 큰 수술 있나 보네?'

외부학회에서까지 참관할 정도의 회의라면, 기존의 정형화된 방식이 아닌 새로운 수술을 시도할 가능성이 컸다.

서류를 훑던 민호는 최임혁의 애장품을 통해 전반적인 의학 지식이 머릿속을 파고들자 이내 이해했다.

'어린 나이에 심장기형이라니 불쌍하게.'

서류를 챙겨 밖으로 나온 민호는 그대로 응급실로 내려왔다. 야간조와 주간조의 교대 시간이라 그런지 사방이 어수선했다. 간밤에 당직을 선 듯한 응급의학과의 나치수 조교수가 그 한가운데 서 있었기에 민호는 곧장 다가섰다.

"안녕하세요."

민호가 꾸벅 인사하자 나치수가 고개를 돌리며 말했다.

"어, 인턴. 아까 자전거 타다 낙상해서 들어온 환자 CT 의뢰했어?"

"CT요?"

"안 했어? 멍청하긴."

반사적으로 반문하는 민호에게 나치수가 미간을 찌푸렸다.

"이래서 인턴은 응급실의 암적 존재라니까. 대충 꿰매고, 급하게 진단하고. 무작정 다른 과 수술실로 올려 보낼 생각만 하지. 인턴 너 대퇴부 골절 심하면 따라올 수 있는 합병 증상 몰라?"

"신경 손상이 올 수도 있고요, 혈관이 손상됐다면 내출혈로 쇼크나 폐의 지방 색전이……."

민호는 대수롭지 않게 대답하다 '계속해 봐' 하는 표정이 된 나치수와 눈이 마주쳤다.

옷의 색으로 의사의 연차를 구분할 수 있는 AN 병원의 복장 체계에서 현재 민호가 걸치고 있는 하늘색 복장은 인턴과 매우 비슷했다. 다만 왼쪽 어깨에 찬 '체험 중'이란 노란색 완장만 도드라질 뿐.

"저, 조교수님."

민호가 어깨 쪽을 보이며 멋쩍게 웃자 나치수는 그제야 민호가 인턴이 아님을 깨달았다.

"뭐야, 의사 체험단이잖아. 촬영 있는 날이었어?"

"네, 오늘도 잘 부탁드립니다."

평소 TV와 담을 쌓고 사는지 나름 인기 연예인이 된 자신을 알아보지 못한 듯 보였다. 민호는 더불어 나치수가 '응급실의 암적 존재'로 분류한 이들은 이름과 얼굴을 전혀 머리에 담아두지 않는다는 사실도 알 수 있었다.

"오늘 밤 당직이 아니라 천만다행이군."

툴툴거리는 나치수를 향해 민호는 들고 있던 서류를 내밀었다.

"최임혁 교수님께서 회의에 대신 참석해 달라고 하셨어요."

"누가? 그쪽이?"

"나치수 선생님이요."

"왜 나한테 전화를 안 하고 그쪽한테 했지?"

"그러게요."

민호는 그저 멋쩍은 웃음만 지어 보일 뿐이었다. 다시 인사를 끝낸 민호가 동관 입구로 나가려던 때였다.

"어이, 인턴…… 아니 의사 체험단."

나치수가 민호를 불러 세웠다.

"자기가 뭘 하는지도 모르는 인턴보다 머리라도 똑똑한 연예인 쪽이 백배 낫지. 교수회의 전에 서류 작업 마무리하려면 바쁘니까 나 대신 정명이한테 인수인계 사항 좀 전달해 줄 수 있어?"

"그 정도야 뭐. 말만 전달하면 되죠?"

나치수가 고개를 끄덕였다. 민호는 앞섶에서 반지를 꺼내 착용하고 나치수의 전달사항을 들었다. 주로 간밤에 들어온 환자들에 대한 간단한 처리 문제였다.

"부탁해."

"네, 조교수님."

촬영 때마다 지독할 정도로 출연자들을 갈구는 것으로 악명을 떨치는 응급실의 호랑이 나치수. 오늘 당직은 그가 아니라는 이 기쁜 소식을 빨리 동료에게 알려줘야겠다는 생각이 들었다.

응급의학과 휴게실의 문을 열자 꾸벅꾸벅 졸고 있는 인턴 두 명과 커피를 마시고 있는 레지던트 하나가 보였다.

"실례합니다, 박정명이라는 분 계신가요?"

레지던트가 고개를 돌렸다.

"무슨 일이지?"

"나치수 조교수님이 전달사항이 있다고 하셔서요."

나치수를 언급하자 인턴 두 명이 반사적으로 눈을 뜨고 벌떡 일어섰다. 민호는 속으로 혀를 차며 말을 이었다.

"자전거 낙마로 대퇴부 골절상을 입은 환자는 정형외과로 올려 혈관과 신경 손상이 있는지 체크하라고 하셨고. 흉통환자는 심장수술 이력이 있다니까 12전극 심전도, 혈액, 심근효소검사를……."

반지로 기억해 둔 것을 고스란히 말하고 나니 레지던트는 민호의 위아래를 살폈다.

"처음 보는 얼굴 같은데 어디 인턴이지?"

"아, 저는 메디컬 24시를 촬영하러 온 출연자 중 한 사람입니다."

민호는 완장을 가리켜 보였다. 레지던트는 시큰둥했으나 인턴 두 사람은 민호의 옆으로 달려오더니 반갑다는 듯 말했다.

"강민호 씨. 오늘은 어느 과로 가시죠?"

"진단과랑 외과 두 곳 가셨으니 이제 내과 쪽으로 가셔야죠."

두 사람의 말에 민호는 고개를 저으며 말했다.

"그건 PD님이 결정할 일이지 제가 결정할 문제는 아니라서요."

"저희 신장내과 오시면 좋을 텐데. 간호사분들 중에 강민호 씨 팬 무척 많아요."

3회 차에 이르는 기간 동안 병원 안의 애장품 탐색은 거의 끝마쳤다. 하지만 실제로 활용해 본 것은 파일럿 때가 유일했고, 나머지는 구경한 것이 전부. 의사의 애장품을 사용할 법한 상황은 거의 나오지 않았다. 수술용 메스를 집어 직접 환자의 배를 갈랐다간 철창행이니까.

'오늘만큼은 다양하게 활용해 보고 싶은데.'

휴게실을 나서는데 애장품 청진기를 걸고 있는 의사 하나가 복도를 지나치는 것을 보았다. 그가 호흡기내과의 이국철 전문의라는 건 이미 파악해 두었다.

이 병원 안에는 청진기를 애장품으로 소유한 의사만 다섯이었다. 민호는 언젠가 호흡기내과로 가서 저 청진기를 빌려보겠다고 다짐하며 복도를 걸었다. 그리고 로비에서 반가운 얼굴 하나와 마주쳤다.

"채은 선생님!"

수수하게 꾸몄지만 의사 가운을 걸치고 있어서인지 더 매력적으로 보이는 그녀, 문채은이 고개를 돌렸다.

"민호 씨? 오늘 촬영 있는 날이군요."

"오랜만이에요."

진단의학과는 파일럿 촬영 때만 들렀기에 거의 두 달 만에 본 것이었다. 민호는 문채은의 얼굴에 피곤한 기색이 어려 있는 것을 보고 물었다.

"하 교수님 여전하시죠?"

문채은은 대답 없이 미소만 머금었다.

"민호 씨, 혹시 자료 좀 봐줄 수 있어요?"

"자료?"

그녀가 손에 들고 있던 파일철을 민호에게 넘겨주었다.

"이게 뭔데요?"

"아침 회의 때 교수님께 올려야 할 환자 사례들인데. 뭐가 교수님 마음에 들지 모르겠어요."

흥미가 있는 증상의 환자에만 집착하는 하우선 교수기에 민호는 이해하고 웃으며 말했다.

"여기 이분. 간헐적 발작 사례 어때요?"

"유상범 씨요? 독감으로 판단해서 우선순위가 낮은데."

"처음에 진료과가 아니라 응급실로 오셨잖아요. 여기 대화 내용이 자세히 기록되어 있네요. 보통 응급실을 찾아온 환자는 이분처럼 침착할 수가 없어요."

다년간 응급실에서만 활동해 온 최임혁의 감이 뭔가 이상하다고 말해주고 있었다.

문채은은 기억을 더듬으며 말했다.

"그러고 보니 이 환자분 주사를 맞으실 때도 웃는 표정이셨어요. 단순히 매너가 좋으신 분이 독감에 걸리신 것 아닐까요?"

"저도 잘 모르겠어요. 직접 진단해 보면 확실히 알겠지만……."

민호는 '의사 체험단' 주제에 너무 나갔다 싶어 헛기침하고 말했다.

"아무튼, 제 느낌일 뿐이니까 참고만 하세요. 저는 시간이 다 돼서 이제 가봐야 해요. 나중에 하 교수님이 또 무슨 재미난 기행을 벌이셨는지 들려주세요."

"고생해요, 민호 씨."

민호가 손을 흔들며 로비를 벗어났다. 문채은은 환자 자료를 넘기며 고민하다 사라지는 민호의 등을 한번 보고 '유상범 케이스'를 가장 위로 올렸다.

오전 9시가 되자 '메디컬 24시' 출연진이 동관 입구에 모여섰다. 프로그램의 총괄 PD 김상만은 새로이 투입된 정승기를 가리키며 말했다.

"구하연 씨가 아시아 투어 일정으로 빠지고 새롭게 합류한 정승기 씨입니다. 기사 보신 분은 아시겠지만, 능력이 아주 출중한 분이죠."

정승기가 허리를 숙여 보였다. 185센티미터의 훤칠한 키에 서글서글한 외모를 가진 훈남의 모습에 카메라 아래쪽에 앉아 있던 여 작가들은 시작부터 반했다는 눈길이 됐다.

의대에 다닌 경험이 있던 모델 고진수가 옆의 아나운서 정상욱에게 조용히 말했다.

"저 정승기 씨, 실제로 치대 졸업하고 인턴 과정 중이라던데요?"

"정말?"

"의대 중퇴한 저보다 확실히 아는 것도 많을 텐데. 이거 제 캐릭터는 여기서 끝인가 봅니다. 무슨 키랑 외모가 모델 뺨치네."

"너 어차피 민호한테 내내 발렸잖아."

"에이, 민호 씨는 논외로 쳐야죠. 모르는 게 없는 능력자인데."

그사이 김 PD가 계속해서 말했다.

"정승기 씨가 첫 촬영인 관계로 오늘은 다른 출연자분과 함께 다니면서 분위기를 익히는 걸로 하겠습니다. 승기 씨, 마음에 드시는 한 분을 택하시겠어요?"

"알겠습니다."

정승기는 다른 출연진들을 한차례 훑었다. 배우에 모델에 아나운서를 지나 다양한 직업군 중에서도 특이하다 할 수 있는, 프로게이머 출신의 한 청년에게 시선이 머물렀다.

"그럼 강민호 씨로 하겠습니다."

정승기의 말에 별생각 없이 서 있던 민호의 고개가 돌아갔다.

"저요?"

"왠지 재밌는 대화 상대가 될 것 같거든요."

민호는 자신만만하다 못 해 오늘의 '신 스틸러'는 내가 되겠다는 눈길을 명백히 내뿜고 있는 정승기를 보며 고개를 갸웃할 수밖에 없었다.

다른 예능에서 만났다면 운동과 노래, 연기 때문에 불안했겠지만, 이 병원 안에서 의사들을 보조하며 움직이는 것만큼은 그다지 불안해할 필요가 없었다. 항시 빌릴 수 있는 최임혁의 애장품이 있는 상황에선 말이다.

'응?'

민호는 그러다 정승기의 귓가에 살색의 아주 작은 통신기가 붙어 있는 것을 발견했다.

얼마 전, 취리히에서 저것보다 성능 좋은 통신 장치를 사용해 봐서 한눈에 알 수 있었다.

AT엔터에서 자신을 노리고 투입했다는 정승기. 그는 지금 누군가와 실시간으로 연락을 주고받고 있었다. 민호는 아마도 그것이 AT엔터에서 섭외한 실제 전문의가 아닐까 하는 생각이 들었다.

'정말 본격적으로 해보자는 거였구나.'

민호는 후끈 불타오르는 기분이 들었다.

정승기가 민호의 옆에 자리를 잡았다. 뒤이어 촬영 콘셉트에 대한 김 PD의 설명이 이어졌다.

"오늘은 레지던트 3년 차 의사선생님들을 따라 움직이겠습니다. 지난 3회 차의 촬영 동안 쌓은 경험을 토대로 각자의 자리에서 성심성의껏 보필해 주십시오."

민호는 설명을 들으며 점자시계를 건드려 감각을 키웠다.

촬영 스태프부터 병원을 드나드는 환자까지 인원이 상당한 터라 엿듣기가 쉽지 않았으나, 이내 정승기의 귓속에서 흘러나오는 통신 소리를 잡아낼 수 있었다.

─뭐야, 승기야. 고작 3년 차 레지던트 따라다니는데 날 부른 거야? 펠로우 준비하는 애들만 불러도 될걸. AN이 아무리 잘나가도 업계 1위인 우리 서울삼원 병원만 하겠냐? 본때를 보여줄 거면 전문의를 배정해 달라고 해.

통신 너머의 음성은 정승기와 친한 듯 보이는 삼원 병원의 의사였다.

'삼원이라면 강남 쪽에 무척 유명한 병원 아닌가?'

민호는 정승기의 프로필에 대한 기억을 더듬다가 그가 삼원 병원의 치과 인턴 과정 중이라는 사실을 떠올렸다.

강북의 AN 병원과 강남의 삼원 병원.

문득 이것이 자신뿐만 아니라 병원 대 병원의 자존심 싸움이 걸려 있는 문제일 수도 있겠다는 생각이 들었다. 치의학을 전공 중인 인턴이 다른 병원 다른 과에서 전문의급의 활약을 한다면 그것만으로도 화제에 오를 테니까.

"자, 오늘도 힘내서 시작해 주십시오."

김 PD의 말이 끝나고 출연진들이 동관 로비로 이동을 시작했다.

안에 들어가니 의사 가운을 걸친 남자 네 사람이 대기 중이었다. 민호를 찾아온 것은 이공준이란 이름표를 달고 있는 순한 인상의 사내였다.

"안녕하세요, 내분비내과 레지 이공준입니다."

이공준은 다른 출연자보다 VJ의 카메라가 하나 더 붙어 있는 것을 보고 약간 경직된 표정을 지었다. 민호는 긴장한 그에게 편하게 대하라는 의미의 미소를 지으며 말했다.

"잘 부탁해요, 이공준 선생님. 어쩌다 보니 체험자가 하나 더 늘었어요."

정승기가 꾸벅 고개를 숙이는 사이, 민호는 그의 귓속에 있는 통신기에서 또다시 소리가 흘러나오는 것을 들었다.

－내분비내과? 하필이면. 지루하게 환자 혈당 체크만 줄창하다 끝나는 거 아니야?

당뇨와 갑상선 질환, 골다공증의 검사와 약물치료가 주로 행해지는 과였기에 장기적인 관점의 느긋한 진료가 주를 이룬다. 응급실처럼 긴박하지도, 치료 과정이 크게 특별하지도 않았다.

민호는 최임혁의 지식으로 이 사실을 이해하고 정승기는 커녕 이쪽 팀의 방송 자체가 축소편집이 될지도 모르겠다는 생각이 들었다.

'그건 그거대로 손해인데.'

인사를 끝마친 이공준은 1층에 바로 보이는 내분비내과의 의국으로 걷기 시작했다.

－안 되겠다. 펠로우 불러와야겠어. 아무리 네 소속사에서 주는 수임료가 커도 지루한 건 못 참아. 수술이라도 관전하게 되면 불러.

민호는 이공준을 따라 걷다가 점자시계의 감각이 사라지기 전, 정승기에게 말을 걸고 있는 의사의 소속을 알아냈다.

삼원 병원의 진단의학과. 단순히 귀로 듣고, 의학 정보를 얘기해 주기에는 최적의 전공자라고 할 수 있었다.

'에휴.'

이어진 촬영은 민호의 예상대로 별다른 일이 벌어지지 않았다. 이공준의 첫 일과는 입원 환자의 회진을 도는 교수님을 따라 지시사항을 듣고 그대로 이행하는 것뿐이었다.

"다른 환자는 특별할 게 없으니 조교수 네가 알아서 관리하고. 906호 김문식 환자. 결절 조직검사 결과 나오면 바로 보고해."

"네, 교수님."

교수가 의국을 나가고, 내분비과 의사들이 활동을 시작했다. 이공준이 한쪽에 서 있던 민호와 정승기에게 고개를 돌렸다.

"저희는 외래 진료 나가기 전에 813호 환자들 조치만 하면 돼요."

민호는 아까 방문했던 입원실의 환자들을 떠올리다가 정승기가 귀를 쫑긋하는 것을 보았다. 점자시계를 사용하고 있지 않아 소리는 듣지 못했으나 정보를 얻고 있는 듯했다.

이윽고, 정승기가 눈을 빛내며 이공준에게 물었다.

"고주파 레이저 치료 앞둔 환자는 초음파와 TFT하실 거죠?"

"오, 그걸 아시네요?"

"제가 간호사님 대신에 옆에서 제대로 보조해 드리겠습니다."

"그러시겠어요?"

이공준이 걸어 나가고, 정승기는 '1:0'이라는 시선으로 민호를 쳐다본 뒤 어깨를 으쓱하며 지나쳤다.

민호는 속으로 고개를 흔들었다.

813호 입원자 중에 갑상선의 결절을 치료하는 레이저 시술을 앞둔 환자가 있었다. 초음파 검사와 혈액을 채취해 갑상선 기능 검사를 하는 준비가 필요한, 시술 자체도 간단한데다 그것을 검사하는 과정까지 무난했다.

'이봐, 승기 씨. 이런 건 방송에 나오지도 않아.'

1회 파일럿 때 진단과 교수실에서 엄청 떠들었던 것은 정작 별로 방송을 타지 못했다. 응급실에서의 이야기와 그 과정에서 힘들어하는 의사들과 출연자들에게만 포커스가 맞춰졌다. 거기다 미모의 인턴 문채은의 인기만 급상승했고.

실제 의사들의 실제 고생담을 담는 이 프로그램의 방향성을 따져볼 때, 내분비내과에서는 전형적인 의사업무 그림밖에 나오지 않는다. 민호가 애장품도 없는데 괜히 초반부터 힘 뺄 필요 없다는 결론에 도달하기까지 많은 시간이 걸리진 않았다.

'응급실 타임이면 괜찮아질 거야.'

최임혁의 애장품이 빛을 발하는 시간이라면 정승기가 아무리 노력해도 따라오지 못할 벽을 느끼게 만들 수 있다.

민호는 방송 욕심으로 미리 지치는 것보다는 느긋하게 기다리는 것을 택했다. 24시간은 길다.

의국을 나와 813호로 올라가는 엘리베이터에 도착한 민호는 심장외과의 전문의 한칠호가 옆에 서 있는 것을 보았다.

두근.

AN 병원에서 청진기 애장품을 들고 있는 5인방 중 하나였기에 민호의 표정에는 애틋함이 담겼다.

'저런 의사가 있는 과에 갔어야 했어.'

민호가 쳐다보는 것을 느꼈는지 한칠호가 고개를 돌렸다. 촬영 중인 VJ들을 훑은 그가 인사를 건넸다.

"메디컬 24시 촬영 중인가 봐요?"

"네."

"나중에라도 저희 심장외과는 오지 마세요. 힘들어서 피를 토할 수도 있어요. 수술 한번 시작하면 10시간은 기본이니."

"그래도 가보고 싶네요."

딩동.

이공준과 정승기가 엘리베이터에 타자 VJ와 작가들까지 우르르 따라붙었다. 그 바람에 대화가 끊긴 민호도 어쩔 수 없이 따라 들어갔다.

"어휴, 꽉 찼네. 저는 다른 거 탈게요."

한칠호가 손을 흔들고 옆의 엘리베이터로 걸어갔다. 민호는 다음 회차 때는 꼭 만나길 빌며 아쉬움을 달랬다.

813호에 도착하자마자 환자에게 간단한 초음파 검사가 이뤄졌다.

이공준 옆에 찰싹 달라붙은 정승기가 간호사가 해야 할 일을 대신하며 능숙하게 보조하자, 뒤에서 구경하던 VJ와 작가들은 감탄 섞인 표정을 지었다.

"정승기 씨는 웬만한 인턴보다 아는 게 많아 보여요."

"분야는 다르지만, 의사 공부를 해왔고 앞으로도 쭉 할 예정입니다."

"의사셨어요?"

이공준이 놀란 표정을 지었다. 정승기는 이 말에 민호를 보며 '훗' 하는 웃음을 흘렸다. 2:0이라는 눈길.

"잘하시네요, 승기 씨."

"뭘 이런 거 갖고. 후후."

민호는 고작 초음파 젤리를 직접 발라주며 무슨 대단한 일인 것처럼 팔뚝의 다부진 근육을 뽐내는 정승기에게 할 말을 잃었다. 계산적인 행동이란 것은 VJ의 카메라를 의식하며 흘끔흘끔 눈치를 살피는 것으로 충분히 알 수 있었다.

'인턴 옷 일부러 타이트하게 입은 거였어.'

뭔가 타개책을 찾아야 하나 고민하던 민호는 어차피 방송에 나오지 않을 부분이라는 생각에 정승기가 무슨 말을 듣고 있나만 체크하기 위해 점자시계를 만졌다.

-FNA라도 하자고 해봐요. 결절이 양성인지 음성인지 제대로 파악했냐고 한번 찔러 보고.

아까 말하던 의사 대신 펠로우가 말을 하고 있었다. 정승기는 FNA가 뭔지 모르는지 고개를 갸웃했다. 그렇다고 허공을 향해 물어볼 수는 없기에 살짝 고민하는 눈치였다.

민호는 속으로 혀를 차며 말했다.

"이공준 선생님."

"네?"

"저 환자분 세침흡입생검 끝나셨죠?"

"그럼요, 어제 다 했죠."

일반 주사기를 이용해 목의 결절 부분에 찔러 넣어 세포를 채취해 검사하는 과정은 환자에게는 매우 고통스러운 일이었다. 그것을 아무렇지도 않게 제안하는 삼원 병원 쪽 의사가 일부러 들으라고, 민호는 확실하게 말했다.

"미세출혈이 발생했었나 봐요. 환자분 많이 아프셨겠어요. 치통이나 귀 뒤쪽의 통증은 없으세요?"

환자가 민호를 보며 귀 쪽을 가리켰다.

"여기가 좀 아프다 말다 하네요."

"너무 걱정하지 마세요. 신경분포에 의한 현상이니 부작용은 아니니까."

이공준은 이번에는 민호를 보며 놀랐다.

"그걸 한눈에 아셨어요?"

"못 보는 게 이상한 거죠. 갑상선 환자이면서 목에 푸르스름하게 멍든 자국 있으니까."

상처를 보고 판단하는 일 같은 건 최임혁에게는 아무 문제도 아니었다.

-큰일 날 뻔했네. 정승기 씨. 상황보고는 확실하게 해줘요. 대화 소리만으로는 실수할 수 있으니까. 그 정도는 되시죠? 그나저나 지금 말한 사람 누구예요? 실력이 상당한 의사 같은데. 다른 레지던트도 있어요?

민호를 칭찬하자 정승기의 안색이 붉으락푸르락 달아올랐다.

민호는 이것으로 대충 '2:1'은 됐다는 생각이 들었다. 그래봤자 방송에는 안 나올 테지만 말이다.

그렇게 816호의 환자들에 대한 일상적인 검사와 대화를 진행하던 중이었다. 갑자기 이공준의 호출기에서 긴급 상황을 알리는 번호가 떴다.

"이런."

이공준은 안색이 변해 말했다.

"906호로 빨리!"

"무슨 일이죠?"

다급하게 계단으로 뛰어가는 이공준을 따라 민호와 정승기도 달려 나갔다.

환자가 있는 906호 안은 보호자의 외침에 먼저 달려온 인원이 한창 조치를 취하는 중이었다.

내분비과의 인턴 중 하나가 막 들어온 이공준에게 말했다.

"김문식 환자가 경련을 일으키며 쓰러졌어요."

"형수 선배는? 이분 담당이잖아."

"조직검사 때문에……."

이공준은 담당 의사가 조직검사를 위해 종양과로 간 것을 파악하고 환자부터 살펴보았다. 경련은 끝났는지 창백한 안색으로 헛구역질하고 있었다.

"악성 결절인지 아닌지 아직 파악 못 했지? 상태를 보니 교수님을 불러야 할 것 같아. 호출해."

"네, 선배님."

인턴이 복도 밖으로 나갔다.

민호는 뒤늦게 들어와 경련을 일으켰다는 환자를 보았다. 응급의학과장의 지식이 절대 평범한 갑상선염 때문은 아니라고 말해 주고 있었다.

'뭘까?'

고개를 돌리니, 그새 방송용 마이크를 끄고 입을 가린 채 무언가 빠르게 보고하고 있는 정승기의 모습이 보였다. 저쪽 진단의학과 펠로우가 뭐라고 말하는지도 궁금했기에 청력을 집중했다.

"발작증상. 두통 어지러움을 호소하고 있습니다."

─가만있자. 갑상선이라고 했으니 합병증을 의심할 수 있어요. 들어봐서는 호르몬 분비 이상으로 인한 저혈압 같은데, 동맥경화는 아닌지 봐봐요. 안색이 창백하고 감각 이상을 호소하고 있진 않아요?

"안색이 창백하긴 합니다."

이공준은 환자가 안정을 찾은 것을 확인하고 민호와 정승기에게 다가왔다.

"많이 놀라셨죠?"

"공준 선생님, 그런데 말입니다."

정승기가 앞으로 나서며 통신기를 통해 들었던 말을 그대로 내뱉었다.

"……그러니 저혈압 증상 아니겠어요? 갑상선 기능이 많이 저하됐다면 동맥경화와 기억력 감퇴도 의심해 봐야 하고."

"그럴 가능성을 배제 못 하겠네요. 와, 정승기 씨 말하는 게 우리 인턴보다 백배는 낫네."

"인턴 선생님 들으시면 욕하시겠습니다. 하하."

민호에게 시선을 돌린 정승기는 득의만만한 표정을 지어 보였다.

'저혈압이라면 빈맥으로 기절해야지 저런 식의 근육경련을 일으키진 않잖아.'

민호는 식은땀에 젖어 고통의 후유증에 시달리고 있는 환자를 보고 이걸 말해줘야 하나 말아야 하나를 고민했다.

어차피 내분비내과의 수장이 오고 있기에 끼어들어도 그때 끼어들어야 '3:1'이라는 눈빛을 보내고 있는 정승기를 당황하게 할 수 있었다.

그렇게 문밖으로 고개를 돌린 민호는 교수 하나가 와 있는 것을 보고 움찔 놀라야 했다.

날카로운 인상에 냉소적인 미소. 아까 마주친 내분비내과의 교수가 아니라 전혀 뜻밖의 인물이 걸어 들어왔다.

"저혈압?"

"하 교수님!"

이공준은 안색이 변해 문으로 뛰어갔다. 진단의학과의 수장이자 이 병원에서 가장 괴짜라고 소문난 하우선이기에 이공준은 잔뜩 긴장했다.

하우선 교수는 이공준을 흘끔 바라보더니 말했다.

"이런 레지가 내분비내과에 있는 게 천만다행이군."

갑자기 칭찬을 받았다고 생각했는지 배시시 웃던 이공준은 다음에 이어진 하 교수의 말에 고개를 푹 숙여야 했다.

"환자 진단 잘못해서 보험료 왕창 먹여 기쁨의 치료를 해줄 기부천사. 우리 과는 예산이 적어 시도조차 할 수 없는 방법이야. 아주 탁월해."

하 교수의 등장에 이공준은 물론이고 정승기와 그의 귓속 파트너도 당황했다.

─하, 하우선 교수? 승기 씨. 절대로 말 섞지 말고 물러나 있어. 잘못 걸리면 완전 바보 돼.

'다른 병원까지 소문이 나셨구나.'

피식 웃던 민호는 하 교수의 시선이 환자 옆에 있는 소변통을 향해 있는 것을 보고 똑같이 시선을 던졌다가 "아!" 하는 깨달음을 얻었다.

하 교수가 민호를 돌아보았다.

"젊은이. 오랜만이야."

"안녕하셨어요, 하우선 교수님."

"내가 여기 왜 온 것 같아?"

"글쎄요……."

민호는 이 상황만큼은 정승기에게 조언을 해주고 있는 펠로우가 한 말에 전적으로 동의했다.

'잘못 휘둘리면 바보가 될 거야.'

이곳이 하 교수의 애장공간도 아닌 이상 상황부터 살펴봐야 했다.

"젊은이 실력이 녹슬지 않았는지 좀 볼까? 문 인턴, 이리와봐."

하 교수가 장난기 어린 웃음과 함께 뒤를 가리켰다. 민호는 문밖에 또 한 사람이 와 있는 것을 보고 놀랐다.

'채은 선생님?'

문채은이 민호를 향해 죄송함이 가득 담긴 눈빛을 건네왔다.

그녀까지 합류하자 병실 안이 북적였다. 하 교수가 김문식 환자를 가리키며 물었다.

"방금 저 기부천사가 갑상선 환자의 합병증으로 저혈압을 진단했어. 어떻게 생각해?"

차트를 살핀 문채은이 바로 대답했다.

"비슷한 증상도 있지만, 다른 증상도 있네요. 애디슨병?"

"삐. 색소 침착이 없어."

"간경변증은…… 아, 아미노 전이효소 수치가 정상이군요."

"젊은이는 의견 없어?"

민호는 휘둘리지 말자고 다짐했기에 고개를 흔들었다. 하교수가 이공준 쪽으로 고개를 돌렸다.

"거기 기부천사는?"

"하 교수님……."

이공준은 울상이 됐다. 하 교수의 시선이 정승기를 향했다.

"이쪽 인턴은? 뭐야, 인턴이 아닌가?"

"정승기라고 합니다."

"그래, 뉴페이스. 의견 없어? 저혈압도 자네가 낸 의견 아니었나?"

"그게……."

민호는 점자시계의 감각이 사라져 엿듣지는 못했으나 펠로우가 지금 할 말은 대충 예상이 가능했다. 대답하지 말고 침묵을 지키라는 조언을 하고 있으리라.

"문 인턴. 더 읊어봐."

문채은은 대답하지 못했다. 담당 환자도 아닌데 곧바로 증상을 파악하고 새 진단을 내린다는 것은 아무리 실력이 좋은 인턴이라도 버거운 일이었다.

"호르몬계 이상으로 적혈구증가증이……."

"삐. 문 인턴밖에 없는데 이러기야?"

하 교수의 채근에 그녀를 보며 딱한 감정을 느낀 민호는 하는 수 없이 소곤거렸다.

"소변이 약간 묽어요."

문채은이 고개를 돌렸다.

"소변이요?"

"신장에서 어떤 이유로 혈액을 정화하지 못한다는 뜻이잖아요. 그러면 체내에 독소가 축적되겠죠. 이걸 역으로 생각하면……."

"아, 근육경련이 설명되는군요."

문채은은 고맙다는 표정과 함께 하 교수에게 고개를 돌렸다.

"저나트륨혈증이네요."

하 교수는 그제야 고개를 끄덕였다.

"역시 문 인턴. 젊은이랑 상성이 좋아. 기부천사. 들었어? 윤석 교수님께 잘 전해드려."

"아, 알겠습니다."

갑상선 기능 저하 때문에 체내의 나트륨 수치가 낮아져 저나트륨혈증이 발생하고, 두통과 구역질을 동반한 근육경련을 일으켰다.

민호는 아까 하 교수의 시선을 통해 이것을 이해했었다. 무서운 것은 하 교수는 병실 안으로 들어와 단 1초 만에 이것을 파악해 버렸다는 사실이었다.

'확실히 진단 쪽에서는 최고 권위자다워. 가만, 그런데 여긴 왜 오신 거지?'

민호가 이유를 알 수가 없어 궁금해하는 찰나, 하 교수가 말했다.

"젊은이. 아까 환자 하나를 추천해 줬더군."

"제가요?"

그제야 문채은에게 케이스 하나를 골라 주었던 것이 떠올랐다.

"간헐적 발작 환자 맞죠? 그분한테 문제가 있나요?"

"있지. 아주 흥미로운 증상이."

하 교수의 눈이 반짝이는 것을 보며 민호는 설마 하는 표정을 지었다.

"PD인지 뭔지에게는 말해 두었어. 우리 문 인턴이 다시 나온다니까 두 손 들어 환영하더군."

"그 말씀은……."

"따라와, 젊은이."

하 교수가 밖으로 나갔다. 민호는 VJ의 옆에 서 있는 작가에게 시선을 돌렸다.

휴대폰을 귀에 대고 있던 작가가 고개를 끄덕였다.

'이런.'

졸지에 이동해야 하는 상황이 찾아왔다. 이 원인이 된 문채은이 민호의 옆으로 다가와 기어들어 가는 음성으로 사과했다.

"죄송해요, 민호 씨. 다른 선배님들이 가져온 케이스가 전부 엉망이라 이게 뽑혔어요. 어떻게 알았느냐고 물으시기에 민호 씨가 해준 말을 그대로 옮겼더니……."

"문 인턴. 젊은이. 뭐해? 안 가? 환자는 11층에 있어."

이렇게 외친 하 교수가 복도 저편으로 걸어 나갔다. 문채은은 황급히 하 교수의 뒤를 따랐다.

인턴에게 까마득히 위에 있는 교수의 명령이란 건 절대적이었다.

'에이, 기왕 이렇게 된 거.'

민호는 어차피 애장품을 활용할 수 없다면, 차라리 하 교수의 애장공간이라도 한 번 더 가보는 것이 낫겠다는 판단에 이공준에게 인사를 한 뒤에 바로 따라나섰다.

"저기, 강민호 씨."

복도로 나온 민호를 정승기가 불러 세웠다.

"하 교수님 성격 장난 아닌 것처럼 보이는데 따라가시게요?"

"PD님이랑 협의는 됐다니까요."

"그럼 저는……."

"같이 가셔야죠. 일단은."

"잠깐만요."

정승기는 구석에 가더니 휴대폰을 들어 통화하는 척 말하기 시작했다. 민호는 언뜻 '조교수님 다시 불러 주십시오'라는 소리를 들었다.

'그러고 보니 저쪽도 진단의학과였지?'

같은 진단의학과라니. 어째 응급실 타임이 오기 전에 일이 커질 수 있겠다는 걱정을 하며 민호는 11층으로 향했다.

47.
애장거탑-날씨와 건강 (2)

1103호실.

유상범이라는 이름이 적혀 있는 개인 입원실 앞에 선 민호는 문을 열고 들어섰다. 넓은 방의 한구석에 하 교수와 진단과의 펠로우 삼총사, 문채은이 서 있었다.

하 교수가 민호를 손짓해 불렀다.

"이쪽이야, 젊은이."

민호는 조심스레 다가서며 삼총사라 불리는 이희철과 두 펠로우에게 인사했다.

"어서 와요."

강제로 끌려온 민호를 측은한 듯 바라본 이희철이 하 교수 몰래 등을 토닥여 주었다.

"응? 뉴페이스도 왔네."

민호의 뒤를 이어 따라 들어온 정승기는 아까의 당황한 기색을 지우고 하 교수에게 고개를 숙였다.

"아까는 진단의학계의 거장을 몰라 뵀습니다. 오늘 잘 부탁드립니다, 하우선 교수님."

"뉴페이스의 실력은 미덥지 못한데. 감염학의 감 자는 좀 아나?"

"방해는 안 될 겁니다."

"그건 두고 볼 일이고."

짧게 대꾸한 하 교수가 민호를 직시했다.

"젊은이. 저 환자를 선정했을 때 했던 말, 일은 안 하고 밥만 축내는 우리 희철 군에게 다시 해주겠어?"

"그게요……."

괜한 욕을 먹는 이희철을 향해 민호는 미안하다는 표정을 지어보였다. 그리고 잠이 들어 있는 환자, 유상범에게 고개를 돌렸다.

"어라?"

민호는 눈을 의심해야 했다. 사십 대 초반의 후덕한 몸집의 유상범이 손에 쥐고 있는 물건에 사랑스러운 빛이 어려 있던 것이다.

'애장품!'

전자기기처럼 생긴 'ㄱ' 자 형태의 손바닥만 한 기계. 빔 같은 것이 나오는 구멍도 있는 것이, 낡았지만 뭔가 신기한 쓰임새의 물건 같았다.

"채은 선생님. 저 환자분 직업이 어떻게 되죠?"

"기상청 분이라고 들었어요."

민호의 시선은 유상범의 손에서 떨어질 줄을 몰랐다.

'적외선 온도계인가? 자나 깨나 온도계를 쥐고 있는 걸 보니 기상예보관 같아.'

이런 걸 운명이라고 하나 보다. 민호는 아침 무렵, 그도 모르게 찍었던 한 사람이 애장품을 소유하고 있는데다가 직업까지 그동안 경험해 보지 못한 사람임을 깨닫고 흥분하지 않을 수 없었다.

의사의 애장품을 사용할 수 없다면 환자의 애장품을 사용하면 그만!

'으흐흐.'

저절로 입가에 미소가 그려졌다.

정승기가 치사한 수를 써가며 견제를 하건 말건, AN 병원의 진단의학과와 삼원 병원의 진단의학과가 자존심을 건 대결을 벌일 가능성이 크건 말건, 민호는 이제 아무런 상관이 없었다.

유상범 환자 앞에 선 민호는 침대 끝에 놓인 차트를 들어 확인하며 말했다.

"간헐적인 발작 증상으로 입원한 분입니다. 최초에는 독감으로 인한 스트레스성 기력 저하로 진단이 내려졌습니다. 빈혈처럼 잠깐 쓰러졌다가 마는 심각하지 않은 수준이었죠."

"맞아. 심각하지 않다고. 죽을 위험이 아니야."

하 교수에게 밥만 축내는 의사로 진단을 받은 이희철의 대꾸에 다른 펠로우 두 명도 고개를 끄덕였다.

"죽을 위험은 아니지만, 응급실에서 보였던 모습 때문에 이상하다는 생각이 들었습니다. 지나치게 착하다는 것. 독감 완치 판정 이후, 또다시 응급실에 실려 왔으면서도 전혀 얼굴을 찡그리지 않았습니다."

이 말에 구석에서 '몰래보고'를 시도하던 정승기가 황당하다는 표정으로 말했다.

"지금 희귀병 케이스를 단지 사람이 착해 보여서 추천했다는 겁니까?"

"대충 그래요."

민호는 계속하냐는 듯 하 교수를 바라보았다. 자신이야 감으로 찍은 것뿐이고 이 케이스를 택한 건 하 교수였다.

하 교수가 문채은에게 눈짓했다.

"문 인턴. 뉴페이스가 다 이해 못 한 거 같으니 그 당시 상황을 덧붙여 줘."

"어젯밤 응급실 상황은 이랬어요. 완치됐다던 독감의 후유증 때문에 실려 오셨는데도 짜증 한 번 내지 않았죠. 위급 순위에 밀려서 5시간이나 진료를 기다리셔야 했는데도 말이에요."

하 교수가 환자의 옆으로 다가섰다.

"보통 사람이라면 성질을 부려야 마땅할 상황이 여러 번인데 웃는 얼굴을 지우지 않았다. 이게 특이하지 않다고 생각하는 사람 손들어 봐."

펠로우 셋은 손을 들었고, 문채은은 손을 들려다 민호를 보고 다시 내렸다. 통신기에서 무언가 정보를 들은 정승기는 망설이다 손을 들며 말했다.

"아무리 그래도 착한 게 증상이 될 수는 없다고 생각합니다."

"뉴페이스는 다른 고견이 있나?"

"가정교육을 잘 받고 인성이 출중한 사람이 단순 뇌졸중이 왔을 가능성은요?"

하 교수가 갑자기 환자의 어깨를 흔들어 깨웠다. 서서히 눈을 뜬 유상범이 잠결에 주위를 둘러보았다.

"……왜 그러시죠?"

"그냥 한번 깨워봤습니다. 지금 환자의 상태가 특별한 병 때문인지 착각 때문인지 말싸움 중이라서."

"그랬군요……."

"이런 의사들이 신뢰 안 가셔도 어쩔 수 없습니다."

이 말에 유상범은 부드러운 미소와 함께 말했다.

"의사 선생님들이 고생이 많으시네요. 잘 부탁해요."

수면유도성분의 약을 복용한 까닭에 유상범은 곧 스르르 눈을 감았다.

"봤지? 돌팔이처럼 구는데 화를 안 내잖아. 이렇게 바보처럼 착한 사람 본 적 있어?"

하 교수가 말도 안 된다는 눈빛으로 환자를 가리켰다. 그리고 민호를 보며 물었다.

"젊은이. 어떤 가능성이 있어 보이지?"

"우선, 착하다는 것을 증세로 본다면 뇌 신경계 이상을 들 수 있어요. 약한 뇌졸중과 함께 이건 독감의 후유증으로 설명돼요."

"완치됐다는 것을 가정하면?"

"다른 가능성이라면……."

민호는 이 부분에서 최임혁의 지식이 빠르게 떠오르지가 않았다.

내과가 아닌 외과 의사의 애장품이 가진 한계일까? 그러나 환자의 얼굴을 보면 상태가 좋지 않다는 감은 여전했다.

이유는 알 수 없지만, 민호는 이것이 수많은 환자의 생사를 경험한 최임혁의 본능이라는 느낌이 들었다.

그렇게 민호가 머뭇거리던 틈에 통신기에 귀를 기울이고 있던 정승기가 입을 열었다.

"신경계 이상으로 인한 졸도라면 대사성 장애, 독성물질 노출, 간질, 다발성 경화증 정도를 예상해 볼 수 있습니다."

"뉴페이스! 기대 이상인데?"

하 교수가 미소를 지으며 펠로우 쪽으로 눈을 돌렸다.

"우리 식충이들은 아무 생각이 없나 봐?"

거듭되는 놀림에 질 수 없다고 생각한 이희철이 얼른 대답했다.

"뇌로 전이된 다른 부위의 암종일 가능성도 있습니다."

"식충이는 만병통치진단, 암을 얘기하는군. 말은 되니 일단 넘어가지. 어쨌든 오늘의 환자는 정해졌고……."

하 교수는 잠시 생각해 보더니 민호와 문채은, 정승기를 가리켰다.

"젊은이 셋과 식충이 셋. 이렇게 두 팀으로 나눠서 초기 진단회의를 진행하겠어. 최종 진단에서 패한 쪽이 오늘 일반 외래 진료 시간 전부를 커버하는 것으로 하지. 감기환자 득실거리는 거 봤지?"

이희철의 뒤편에 서 있던 펠로우 최동수가 말도 안 된다는 표정으로 앞으로 나왔다.

"하 교수님!"

"왜?"

"저희가 불리하지 않습니까!"

최동수의 외침에 이희철이 고개를 갸웃했다.

"동수야, 뭔 소리야? 저쪽은 인턴 하나에 일반인 두 명이라고."

"희철이 대신 강민호를 주십시오. 그래야 균형이 맞아요."

"야! 진심이냐 너?"

발끈하는 이희철을 보며 하 교수가 쿡 웃었다.

"그건 젊은이가 택해야 할 것 같은데?"

"제가요?"

민호는 문채은을 버리고 저쪽으로 갈 수 없다는 생각에 고개를 저으려 했다. 그때, 정승기가 앞으로 나섰다.

"하 교수님, 제가 저 팀으로 가도 될까요?"

"자네가?"

"아무리 못해도 강민호 씨만큼은 도와줄 수 있다고 생각합니다. 팀에 인턴만 있는 것보다 펠로우 선생님이 계시는 것이 균형도 맞을 테고."

"호오, 자신감이 흘러넘치는데? 좋아, 희철이 대신 뉴페이스가 저쪽. 팀명은 젊은이 팀과 뉴페이스 팀으로 하지. 기본

검사자료는 다 있으니까 바로 회의 시작하겠어."

하 교수가 지시를 끝내고 밖으로 나갔다. 펠로우 둘이 정승기와 함께 사라지자, 동료에게 버림받은 이희철이 한숨을 푹 내쉬었다.

문채은이 민호를 보며 말했다.

"저희도 어서 가요, 민호 씨."

민호는 밖으로 나가기 직전, 환자가 손에 쥐고 있는 적외선 온도계에 시선이 머물렀다.

'조금만 기다려. 꼭 만져 줄게.'

지금 당장 저걸 집어 들어 사용하면 이상한 취급을 받을 것이기에 안타까움을 뒤로하고 하 교수의 방으로 향했다.

AN 병원 진단의학과 하우선 교수의 방.

젊은이 팀과 뉴페이스 팀이 탁자를 사이에 두고 마주앉았다. 탁자에는 환자의 상태에 대한 다양한 검사 결과 차트가 늘어서 있었다.

민호는 반대편에 앉아 있는 정승기를 바라보았다. 펠로우가 아닌 그의 주도하에 의견이 오가는 중이었다. 삼원 병원 진단의학과의 조교수가 도와주고 있을 것이기에 속으로 웃지 않을 수가 없었다.

정말 두 병원의 대결이 되어 버렸다.

"다들 준비는 되셨나? 규칙은 간단해. 의견이 있으면 논의하고 대표 두 사람이 말한다."

하 교수가 탁자 위에 판을 하나 올리고 보드마카로 '1라운드'라고 썼다.

"자, 그러면 시~작!"

장난기 어린 하 교수의 외침에 먼저 반응한 건 정승기였다.

"유전적인 결함을 의심해 봐야 하지 않나 싶습니다."

"뉴페이스 팀은 유전병을 들고 나오셨군. 그래, 병명은?"

민호는 점자시계를 터치해 삼원 병원의 진단의학과는 무슨 의견인지를 엿들었다.

―하 교수도 깜짝 놀랄 거야. 이런 발병 사례는 찾기도 힘들다고. AN 병원은 한 번도 없었을걸?

"윌리암스 증후군입니다."

"윌리암스? 새로운 시각이군. 좋아."

하 교수가 민호를 보며 물었다.

"젊은이는 여기 동의하나?"

"아니요. 윌리암스를 확진할 수 있는 증상은 졸도 외엔 없어요."

윌리암스 증후군은 만 명에 한 명꼴로 염색체에 이상이 생겨 나타나는 희귀한 장애다. 의구심을 느끼는 유전자가 결핍

되어 매사에 밝은 표정을 짓게 되는 유전병.

　-지금 얘기하는 사람 누구야? 건방지긴.

　삼원 병원 조교수의 질문에 정승기가 낮은 목소리로 "그놈"이라고 대답했다.

　민호는 이 말을 동시에 들으면서 말했다.

　"보통 윌리암스 증후군 환자는 고칼슘혈증이 같이 생기는데 유상범 씨는 칼슘 수치가 정상이에요."

　-흥! 그 부분은 계산 다 했지!

　정승기가 회심의 미소를 지은 채로 통신에서 들려온 말을 그대로 전했다.

　"독감을 치료하느라 수액을 과하게 맞았고, 몸속에 수분 과다로 칼륨이 희석됐습니다. 그래서 원래 고칼슘수치가 일시적으로 낮아져 정상이 된 거죠."

　"진단을 끼워 맞추기로 하시네요. 단추 매다시나?"

　민호는 하 교수의 애장공간의 영향력 때문에 그도 모르게 비꼬는 말을 내뱉었다.

　-건방지게!

　속으로 심호흡을 한 민호는 침착하게 말했다.

　"윌리암스 증후군이라는 이유가 그것 하나라면, 아닌 이유를 들려 드리죠. 우선, 그 유전병에 걸린 사람의 아이큐는 평균 50이에요. 우리나라에서도 비교적 엘리트만 할 수 있다는 기상 예보관과는 어울리지 않아요. 그리고 이 유전병은 외모적으로 치아가 고르지 못하고 얼굴은 작은데 눈이 부푼 전형적인 특징이……."

하나하나 짚어주기 시작하자 정승기는 대답하지 못했다. 펠로우들도 이견이 없다고 고개를 흔들었다.

버림받아 앙금을 품고 있던 이희철이 민호를 향해 엄지를 들어 올렸다.

"역시 민호 씨야. 하 교수님처럼 가차 없이 격파하네."

통신기 너머의 조교수가 투덜거렸다.

─뭐야? 그러는 지는 무슨 진단명을 내릴 건데?

민호는 조용히 하 교수의 지식이 가리키는 방향을 떠올렸다.

'으음, 이건 자극적인걸?'

하 교수가 민호를 보며 물었다.

"젊은이 팀의 의견은?"

민호는 문채은과 이희철의 의견을 구하기 위해 돌아보았다. 이희철이 고개를 끄덕이며 말했다.

"민호 씨 자유롭게 말해. 나랑 채은이는 아무리 얘기해 봐도 답이 안 나와. 뇌 신경계 이상을 일으킬 병의 범위가 너무 커."

"저는……."

하 교수를 직시한 민호가 말했다.

"무증상 신경매독 같습니다."

"매독?"

-매독?

정승기와 삼원 병원 조교수가 동시에 반문했다. 민호는 하 교수의 지식이 이끄는 대로 대답했다.

"다른 증상이 가시화되기 전에 신경계 이상을 일으켰다는 점이 의심스러워요. 이전에 몸이 아프다거나 신경병 징후를 전혀 느끼지 못했으니까."

민호는 착해지는 신경 증상의 원인이 아이러니하게도 성병 때문이라는 사실이 하 교수의 흥미를 자극하고 있다는 점은 굳이 얘기하지 않았다.

-MRI! 거기서 아무 이상 징후가 보이지 않았잖아!

삼원 병원 쪽에서 따지자 민호는 차트를 확인하고 정승기가 말하기도 전에 대답했다.

"조영제를 쓰지 않고 MRI를 찍었기에 나타나지 않았을 뿐, 다시 검사해 볼 여지는 충분합니다."

하 교수가 미소를 지으며 말했다.

"좋아, 1차 회의는 종료. 두 팀 다 양성 확진 검사 결과를 갖고 돌아오도록. 1라운드만에 끝날 수도 있겠어."

두 팀이 자리에서 일어났다.

밖으로 나온 민호는 점자시계의 감각이 사라지기 전에 조 교수의 대화를 들었다.

ㅡ승기 씨, 걱정 마. 매독이 아니면 애들 다 불러와서 정확한 확진 내려주겠어. 검사 결과랑, 차트 정보나 확실히 업데이트해 줘.

"매독이면요?"

ㅡ음⋯⋯. 다른 희귀 사례 있겠지?

혈액을 채취한 후, 진단실에서 신경매독 확진을 위한 VDRL 검사가 진행됐다. 민호는 그동안 별다르게 할 일이 없어 환자의 방을 찾았다.

'도저히 못 참겠어.'

VJ의 눈치를 살피던 민호는 카메라를 향해 말했다.

"환자가 걱정됐어요."

그리고 환자를 살피는 척, 적외선 온도계를 슬쩍 건드렸다. 빛이 흡수되며 애장품에 어린 기억 하나가 머릿속을 번 뜩였다.

ㅡ포, 폭우?

ㅡ촛불 문화제 행사장이 아수라장이 됐다고 구청장님이 노발대발하셨어요. 이게 한때 '조금' 내리는 양이냐고⋯⋯.

유상범의 얼굴을 한 젊은 남자의 보고에 자료를 훑어보던 기상예보관은 한숨을 푹 내쉬었다. 상층기압골이 예상과 다르게 세력이 강해져 국지성 집중호우를 일으켰다.

–너무 걱정 마세요, 선배. 여름철 예보는 원래 까다롭잖아요.

–오! 구청장님이 따로 문자 보내셨어.

–위로의 문자인가요?

–쌍욕. 읽어 볼래?

기상예보관과 유상범이 같이 웃었다.

–이해해야지 어쩌겠냐? 틀린 건 우린데. 비가 올 때, 노가다 뛰는 사람들이나 매상 뚝 떨어진 야외 술집에서 항의 전화가 오면 할 말이 없어. 생계가 달린 문제인데 뭐라고 하겠어?

–그럴 때일수록 우리 예보관이 100% 확실한 날씨 정보를 말해야죠.

–그래, 분석 실력은 네가 나보다 훨씬 좋으니 실컷 도전해봐. 참, 휴가는 잘 다녀왔어?

–이거 보이시죠? NGO활동 중이던 사람이 선물로 줬어요.

–NGO? 너 휴가 어디로 다녀왔는데? 미국 아니었어?

–중남미 쪽을 돌았어요.

적외선 온도계를 흔들어 보이는 것을 끝으로 기억이 끝났다.

민호는 손을 떼고 감탄하고 말았다. 오늘 아침, 라디오를 통해 들은 일기예보가 어떤 과정으로 생산됐는지 일목요연하게 이해가 된 까닭이었다.

하늘만 봐도 내일 날씨를 알아맞힐 것 같은 기분.

'이따가 기상도 검색해 보고 다시 만져 봐야겠어.'

민호는 잠든 유상범에게 고개를 꾸벅 숙였다.

드르륵.

병실 문이 열렸다.

"의사 선생님."

오십 대 초반의 중년 남자가 민호를 보고 다가왔다.

민호는 상대의 얼굴이 애장품의 기억 속에서 엿본 유상범의 선배 예보관임을 깨달았다. 기억보다 십 년은 더 나이 들어 보였다.

"상범이 상태는 어떻습니까? 밤에 응급실에 실려 갔다는 얘기만 듣고 급히 왔는데 아직 결과가 나오지 않았다고 해서요."

"죄송하지만, 제가 담당 의사가 아니라서요."

민호는 왼팔에 차고 있는 '체험 중' 완장을 가리켜 보였다. 중년 남성은 민호의 옆에 서 있는 VJ를 보더니 움찔 놀랐다.

"방송국 분이시군요? 실례지만 무슨 촬영인지 여쭤 봐도 될까요?"

"'메디컬 24시'라는 리얼예능이에요."

"예능? 뉴스 팀은 아닌 거죠?"

"그럼요. 그런데 뉴스가 왜요?"

"아, 오해 마세요. 저는 수도권 기상대 예보과장 신동현입니다. 저 친구와 판단이 안 선 기상 정보를 의논해야 하는데 아직 뉴스에 나가면 안 되거든요."

잘못된 예보를 한 즉시 각계각층에서 질타를 받는다는 걸 이해하고 있었기에 민호는 고개를 끄덕였다.

신동현이 조심스레 민호에게 물었다.

"혹시 상범이가 무슨 말은 안 했죠?"

"네. 환자분은 아까부터 쭉 잠이 들어 계세요."

민호는 중간에 하 교수가 억지로 깨운 건 슬그머니 덮어두었다.

슬슬 나가려는 찰나, 방 안의 탁자 위에 올라와 있는 일기도에 시선이 머물렀다.

'태풍?'

애장품의 여운이 남아 있던 터라, 최대풍속 18㎧, 강풍반경 170㎞의 '소형' 열대폭풍이 괌 서쪽에서 발생했다는 것이 한눈에 들어왔다.

"가을 태풍 오겠네. 추워지겠어."

민호의 중얼거림에 신동현도 기상도로 시선을 돌리며 말

했다.

"맞아요. 현재 생성 중이죠."

"방향이 애매하네요. 올라오면서 중형급이 될 것 같은데."

"중형이요? 소멸이 아니라?"

"여기 보시면 기압이……."

반사적으로 대답하던 민호는 말꼬리를 흐렸다. 보통 TV에 나오는 기상도가 아니라 슈퍼컴퓨터에서 생산된 전문가용 수치가 가득한 분석자료였기에 그냥 보고 이해하면 이상하게 여길 수 있었다.

"저는 일이 있어서. 그럼, 예보관님. 파이팅입니다."

민호가 등을 돌려 걸어갔다. 신동현은 병실 안쪽에 잠들어 있는 유상범을 힐끗 살폈다.

다음 주로 예정된 희망 서울 마라톤 대회. 구청장은 물론이고 시장까지 신경을 쓰는 중요한 행사였다. 그 와중에 발생한 가을 태풍에 신동현은 민감해지지 않을 수가 없었다. 이렇게 중요한 시기에 하필이면 기상대의 에이스가 입원하다니.

"저기요!"

신동현은 짧은 순간이지만 기상대의 예보관과는 다른 예측을 한 민호를 불러 세웠다. 지푸라기라도 잡는 심정으로 의견을 좀 더 들어보고 싶었다.

"중형급이 되리라는 건 어떻게 판단하신 거죠? 혼합층 온도가 낮아서 북상 중에 소멸할 것으로 생각 중이었는데요."

"그건요, 거기 오키나와 남남동쪽에 'Bomb Low'같은 현상이 발생할 조짐이 보여서 말이죠."

저기압의 중심 기압이 24시간 동안 24□ 이상 하강하는 현상. 민호는 이것이 자연스레 입 밖에 나오는 자신에 살짝 뿌듯함을 느꼈다.

하늘의 언어를 이해하고 말하는 것이 의학용어나 법률용어를 말하는 것처럼 스마트해 보이리라고는 그동안 전혀 생각지 못했다.

'밤 로우라니. 저 애장품 너무 있어 보이잖아.'

애정이 듬뿍 담긴 눈으로 적외선 온도계를 바라보던 민호는 아직 VJ의 카메라가 촬영 중이라는 것을 인지하고 헛기침을 했다.

신동현은 민호의 지적에 기상도를 꼼꼼히 확인해 보았다.

"아. 상층에 저기압성 요란이 있네요."

"거기 절리저기압도 보이시죠?"

따뜻한 공기와 차가운 공기가 만나 대류를 일으키는 지점을 가리킨 민호의 손짓에 신동현은 고개를 끄덕였다.

"과연. 동의합니다. 아직은 없지만, 태풍이 이 지역으로 이동하면 'Bomb Low'가 발생할 가능성이 커요."

보통의 예보는 슈퍼컴퓨터에서 나온 기상자료를 여러 명의 예보관이 확인하고, 의견을 모으거나 투표로 결정한다. 그 때문에 태풍이 작아지리라는 신동현의 예측도, 커지리라는 유상범의 애장품이 벌인 예측도 둘 다 가능성이 있는 말이었다.

'확률상 이게 더 높아.'

기상도를 들여다보던 민호는 명확해 보이던 수치들이 외계어로 보이기 시작하자 애장품의 여운이 완전히 사라졌음을 알았다.

"저는 이만, 검사 결과가 나올 시간이 돼서요."

"아, 한 가지만 더……."

"죄송해요, 나중에!"

민호는 부리나케 밖으로 나와 진단의학과의 의국으로 달려 나갔다.

의국에 들어선 민호는 컴퓨터 앞에 앉아 있던 문채은에게 다가섰다.

"결과 나왔어요?"

"기다리는 중이에요."

옆 자리에 앉자 문채은이 뽑아놓은 커피캔을 내밀었다.

"자, 민호 씨."

"고마워요."

캔을 따서 한 모금 마시는데 그녀가 흐트러진 머리를 풀었다가 정리해 다시 묶는 모습이 눈에 들어왔다.

장식이 전혀 붙어 있지 않은 머리핀으로 고정하는 것뿐이지만, 살짝 튀어나온 잔머리와 고운 목선이 드러나 예쁘다는 생각이 절로 일었다.

'이건 TV 드라마 속 여배우를 보고 눈이 돌아가는 것과 같은 이치라고.'

괜히 찔려 누구에게 말을 하는 건지 모를 횡설수설을 머릿속에 담던 민호는 VJ도 자신이 아닌 문채은을 찍고 있는 것을 보며 그러면 그렇지 하는 표정이 됐다. 이런 외모의 여성을 보고 감탄해 주지 않으면 남자로서의 기능을 상실한 것과 진배없다.

"아, 분석결과가 전송됐어요."

모니터를 지켜보던 문채은이 분석표를 가리켰다.

"민호 씨 말대로네요."

"신경매독 양성이요?"

"네. 유전병은 음성으로 나왔고요."

"저런……."

확진됐다면 그건 그 나름대로 문제였다. 매독이라는 잠복 기간이 길수록 매우 무서워지는 질병이니까.

문채은이 휴대폰을 들어 검사 결과를 보고했다. 통화가 끝나고 민호에게 말했다.

"하 교수님이 진단 확정하고 항생제 처방 내리셨네요."

조금은 허탈한 마무리였다.

점심시간이 지났다.

정승기는 패배한 펠로우 두 명과 함께 벌칙 수행을 위한 외래 진료에 참여했고, 이희철은 배불리 점심을 먹어 잠이 솔솔 온다며 의국 한쪽에 자리한 휴게실에서 잠을 청했다. 민호는 문채은과 의국에 머무르며 하 교수의 다음 케이스를 찾기 위해 환자 차트를 뒤적였다.

그렇게 오후 2시가 됐을 무렵.

지이잉!

문채은의 호출기에 긴급을 뜻하는 문자가 반짝였다. 확인한 그녀가 놀라서 말했다.

"유상범 환자 호실 번호예요."

"네?"

페니실린을 투여하는 치료 과정밖에 남지 않았기에 이 긴급호출은 의외였다.

유상범 씨가 안정을 찾고 온도계 잠시만 만지게 해달라고 부탁해 봐야겠다고 생각 중이던 민호의 마음이 급해졌다.

의국을 나온 민호와 문채은이 유상범의 병실로 뛰어들었다. 헉헉거리는 두 사람에게 이미 와 있던 하 교수가 말했다.

"놀랄 거 없어. 내가 호출한 거니. 둘이 데이트라도 즐기다 온 건가?"

문채은은 민호를 슥 보고 고개를 흔들었다.

"아, 아니에요. 새 환자 사례를……."

"됐고. 저길 봐봐."

하 교수는 별 감흥 없는 얼굴로 유상범을 가리켰다.

"깨어났는데 이상해."

"이상하다니요?"

안색이 달아오른 유상범은 인상을 찌푸리고 있었다. 하 교수가 옆으로 다가가 물었다.

"환자분, 많이 아파요?"

"안 아프게 생겼습니까?"

"지금 치료는 그렇게 고통이 없을 텐데."

"의사양반이 직접 맞아 보시던가."

누가 봐도 아까와는 다른 말투였다. 하 교수가 '봤지?' 하는 얼굴로 민호와 문채은을 돌아보았다.

"항생제로 정신을 차리더니 성인군자에서 인간이 됐어."

민호는 유상범을 살피다가 등골에서 싸한 기분을 느꼈다. 호흡 불안정에 가슴을 쥐어뜯으려는 행동. 최임혁의 애장품이 말하고 있었다. 저건 심장발작이 오기 전에 보이는 미약한 전조 증상이었다.

'이런!'

삐―!

환자의 몸에 붙어 있는 심박측정기에서 경고음이 일었다. 하 교수와 문채은의 눈이 커진 순간, 민호는 번개처럼 환자의 옆에 붙어 맥을 체크했다.

"부정맥이 왔어요. 유상범 씨, 제 말 들리세요?"

"수, 숨이……."

문채은까지 달려왔다. 경고신호를 들은 11층 간호 팀이 병실로 달려오는 사이, 민호는 과감한 심폐압박을 시작했다. 그와 호흡을 맞춰 문채은 역시 호흡기를 대고 공기를 불어넣었다.

경고음을 내던 심박측정기가 안정을 찾고, 민호는 안도하며 물러났다. 문채은은 뒤늦게 들어온 간호사들과 함께 후속 조치를 시작했다.

하 교수가 민호의 옆으로 다가섰다.

"심폐소생술이 아주 능숙하군."

"아, 군대에서 조금 배웠어요."

"어느 군대인지 우리 식충이들 입대시키고 싶어."

드르륵!

문이 열리고 이제야 잠에서 깨어난 이희철이 뛰어 들어왔다.

"무슨 일입니까!"

하 교수는 어리둥절한 표정의 이희철에게 말했다.

"가서 뉴페이스 팀 불러와. 2라운드 시작이야."

"2라운드요? 유상범 환자 신경매독 아니었습니까?"

이희철이 궁금하다는 눈길을 보내자 하 교수는 싱긋 웃으며 말했다.

"새 증상이다. 환자가 아파서 화를 내."

하 교수는 '2라운드'라고 써놓은 판을 탁자 위에 올리며 흥미진진하다는 얼굴이 됐다. 그리고 탁자를 두고 마주 앉은 두 팀을 향해 미소와 함께 입을 열었다.

"1라운드의 승자는 젊은이 팀이었어. 뉴페이스. 환절기의 진료실 경험은 어땠어? 재미있으셨나?"

"조, 좋은 경험이었습니다."

대형병원의 특성상 경증 진료를 위해 찾아오는 환자의 숫자가 동네의 의료원에 비할 바가 아니었다. 정승기는 꾸역꾸

역 밀려들어 오는 단순 감기 환자들 때문에 정신없었던 2시간의 기억을 떠올리며 속으로 고개를 휘저었다.

삐빅.

—승기 씨, 자료 사진 잘 받았어. 이번에는 지원군 빵빵하게 모셔왔으니까 걱정 붙들어 매.

—아아, 여기다 대고 말하면 되나? 거기가 하 교수네 진단회의실 맞지? 정승기 씨 긴장 풀어요. 케이스 정보 모두 확인했습니다. 난 삼원 병원 진단의학 B팀 팀장. 아무리 의학지식이 출중한 일반인이 날고 긴다고 해도 못 당할 겁니다.

—부교수님, 이 기회에 삼원의 저력을 보여주죠!

정승기는 통신기에서 들려오는 소리에 자신감을 얻은 채 민호를 쳐다봤다.

'AT엔터 사장이 왜 거품을 물었는지 조금 알 것 같아.'

강민호를 견제해야 한다며 온갖 방법을 강구하는 모습에 사실 비웃음이 일었다.

프로게이머라고 게임만 했던 사람이 의학에 대해 알면 얼마나 알겠느냐는 생각이었다. 그러나 고작 반나절 경험해 본 강민호는 무시무시했다.

자신처럼 단순히 정보를 듣고 이야기하는 것이 아니라 실제 의사처럼. 때론 그보다 나은 판단력을 보여주는 진단전문의 같았다.

'의학천재라 이건가.'

나름 못 하는 것이 없다고 자부하는 정승기였으나, 이번만큼은 AT엔터의 판단이 옳았다는 생각이 들었다.

제작진 쪽에 줄이 닿아 있는 이상 귓속의 통신기가 걸려 문제가 될 일은 없다. 첫 출연이라 제작진과의 소통 중이었다고 둘러대면 그뿐이니까.

다른 분야에서 만난다면 절대지지 않을 자신이 있는 이상, 강민호가 자신 있어 하는 이 의학 분야에서 철저히 밟아주는 것으로 데뷔 예능의 활약은 충분할 것이다.

정승기는 그렇게 2차 진단 회의 시작 전, 민호를 향한 적의를 활활 불태웠다.

"누가 먼저 하겠나?"

펠로우의 자존심을 만회해야겠다고 고심하고 있던 이희철은 하 교수의 질문에 번쩍 손을 치켜들었다.

"매독이 양성이었습니다. 오랜 잠복 탓에 야리시-헤륵스하이머 반응이 와 환자의 심장에 무리가 간 것 아니겠습니까?"

아무도 생각지 못한 걸 말했다는 듯 뿌듯한 표정을 짓고 있는 이희철. 옆에 앉은 민호가 그도 모르게 심드렁하게 대꾸했다.

"매독 증상이 중증화됐다고 판단하기엔 일러요. 단순 혈액검사는 특이도가 높지 않아 위양성 결과를 보일 수 있으니까요. 예를 들어 루프스, 말라리아, 폐렴 환자는 매독이 아닌데도 선별 검사에서 양성 결과를 보일 수 있……."

"민호 씨."

이희철이 고개를 돌려 울상을 지었다.

"우리 같은 팀이야."

"아……."

"살려달라고. 하 교수님에 민호 씨까지. 숨도 못 쉬겠어."

"죄송해요."

하 교수가 피식 웃으며 뉴페이스 팀 쪽으로 시선을 돌렸다.

"그쪽은 의견 정리가 끝나셨나?"

"페니실린이 효과를 보인 겁니다."

정승기는 삼원 병원 진단의학 팀에서 내린 진단소견을 꺼내 들었다.

"항생제가 몸에 작용하는 과정에서 알레르기성 발작을 일으킬 가능성이 있어요. 신경매독 증상과는 별개인 거죠. 아픈 상태에서 화를 내는 건 지극히 당연합니다."

"뉴페이스는 치과 인턴이라고 하지 않았나?"

"그렇습니다."

"내가 고용할 테니까 이리 오지 않겠어? 기본급에 옆에 앉은 펠로우 두 사람 월급 30%씩 떼서 주지."

하 교수의 농담에 정승기는 여유 있게 웃었고 두 펠로우는 이희철처럼 울상이 됐다.

"결국, 신경증으로 성인군자가 됐던 환자가 회복되며 벌어진 해프닝이다 이건가?"

"세상에 착하기만 한 사람은 없으니까요."

"오우~ 그런 마음가짐 좋아. 그러나 내가 말했던 화를 내는 증상에 대한 소견은 없군."

민호는 점자시계의 증가한 감각으로 통신을 듣고 있었기에 저쪽 병원에서 '아는 척은!', '애들한테 묻지만 말고 본인이 진단 내려 보라고 해!'라는 왁자지껄한 소리를 들었다.

"젊은이 팀은? 아직 내분 중?"

오늘 부쩍 친해진 이희철은 민호바라기가 되어 눈만 깜박였고, 문채은도 굳게 신뢰하는 민호에게 시선을 돌렸다.

"또 제가 말해요?"

"그럼 또 누가 해? 채은이랑 나는 민호 씨 의견 무조건 존중이야."

민호는 곰곰이 생각했다. 지금까지는 오로지 하 교수의 애장공간에 얽힌 지식만으로 진단을 생각했으나, 유상범의 급작스러운 응급상황을 실제로 경험하고 보니 최임혁의 애장품도 의견을 전해왔다.

논리적인 진단 전문가와는 다른 임상 경험이 풍부한 외과 의의 감.

'최 교수님을 한번 믿어 보자.'

민호가 말했다.

"화가 난 것 자체를 증상으로 보면, PFO가 의심됩니다. 어쨌거나 아까 병실에서 본 건 심장발작이니까요."

'PFO가 뭐야?' 하는 눈길이 된 정승기를 보며 민호는 VJ의 카메라를 향해 시청자들에게 설명해 주는 식으로 친절하게 풀어 말했다.

"난원공 개존증. 태아가 탯줄을 통해 산소를 공급받다가 나오게 되면 심장의 난원공이 막히게 되는데, 이것이 폐쇄되지 않고 개방된 상태를 말합니다. 보통은 문제가 되지 않지만, 이 환자는 혈전이 뇌졸중을 일으켰을 가능성이 있습니다."

―일리 있어. 하지만 매독에 PFO라니. 합병증도 아닌 두 병증이 그렇게 우연히 맞물릴 확률이 얼마나 된다고 봐?

―저도 페니실린 알레르기가 옳다고 봅니다. 승기 씨, 우리 쪽 진단이 더 나아. 걱정 마.

삼원 측 의사들의 대화에 민호는 하 교수를 힐끔 바라보았다. 결정은 진단의학과 수장의 몫.

하 교수가 눈을 빛내며 물었다.

"매독 때문에 착해지고, PFO 때문에 성질 더러워졌다?"

"뇌에 유입되는 혈액량이 감소하면 분노를 일으킬 수 있으니까요."

"젊은이의 판단은 매번 기발해. 기본급에 거기 옆에 식충이 월급 100% 더해 줄 테니 진단과에 취업하지 않겠어?"

이희철의 눈이 왕방울만 해졌다.

"하 교수님. 100%는 너무하지 않습니까! 한 50%만……. 민호 씨, 나랑 팀 짜면 진짜 줄게."

민호는 멋쩍게 웃으며 고개를 저었다.

"의사가 아니라서요. 그냥 체험단으로만 나올게요."

"하긴. 퀴즈쇼 한번 나가면 몇 억씩 챙기는데 수지가 안 맞겠지."

"그건 일회성이었어요."

"일회라도 어디야. 나는 학자금 대출 작년에 겨우 다 갚았어."

근래 CF도 찍었고, KG엔터의 부실장 직위도 있기에 아마 하 교수보다 많이 벌리라는 생각이 들었으나 민호는 입 밖에 내진 않았다.

"가서 경식도 초음파 검사를 해와. 2라운드 승자에게는 퇴근을 약속하지."

하 교수의 명령이 떨어졌다. 이희철과 문채은이 자리에서 일어나고, 뉴페이스 팀도 걱정 반 기대 반으로 함께 이동했다.

ㅡ아닐 거야. 매독으로 신경에 문제가 생긴 사람이 PFO로 다른 문제가 생길 확률은 지극히 낮아.

자리에서 일어나 11층으로 향하던 민호는 통신기의 소리에 문득, 유상범의 애장품을 만졌던 기억이 떠올라 멈칫했다.

'매독 때문에 신경증상이 온 게 아닐지도 모르겠어.'

10년 전쯤의 기억에서 엿봤던 유상범의 말투와 행동은 매우 선해 보였다. 매독에 걸릴 만큼 성적으로 문란한 사람처럼 보이지도 않았고.

유상범이 중남미로 여행 다녀온 사실을 떠올린 민호는 이걸 말해줘야 하나 고민하다 그냥 움직였다. 설명하기 위해 해야 할 변명이 꽤 길었기 때문이다.

"젊은이."

그렇게 밖으로 나가려는데 하 교수가 민호를 불러 세웠다.

"잠깐만 이리로."

하 교수는 다른 이들이 모두 나간 것을 확인하고 문을 닫았다.

"왜 그러시죠?"

"자네 뉴페이스 보면서 이상한 거 못 느꼈나?"

"어떤 거요?"

"이를테면, 윌리엄스 증후군 사례 말인데. 이게 삼원 병원 진단의학과에서 주로 관리하거든. 일반인이 접근할 수 있는 정보가 아니야. 그런데 뉴페이스는 잘 알더군. 그리고 가끔 카메라 피해서 귀를 만지작거려."

민호는 이 순간 하 교수가 통신을 눈치챘음을 알았다.

"비밀로 해주실 수 있나요?"

"왜?"

"방송 때문에요. 의사의 일이 고달프고 힘들다는 것에 공감해 줘야 하는데, 이게 밝혀지면 프로그램 자체가 죽어요."

더불어 애장품이 무궁무진한 이 병원을 편하게 돌아다닐 구실이 사라져 버린다.

"만약 저쪽 진단의학과가 뉴페이스와 함께한다면 젊은이가 불리하지 않아?"

"전혀요."

민호는 하 교수의 실력이 저쪽 진단의학과와는 급이 다르다는 것을 체감하고 있었다. 그 실력자의 애장공간을 그대로 이용할 수 있다는 사실을 밝힐 수는 없기에 다른 변명을 꺼냈다.

"제가 발견한 환자잖아요. 그리고 정 안되면 최임혁 교수님께 도움을 받으면 돼요."

"최 교수와 친한가?"

"아버님이 친분이 있어서요."

"알겠어. 가봐. 비밀은 지켜주지."

20분 후.

민호는 유상범의 병실 안쪽에서 검사 결과를 기다리다 휴대폰이 울려 복도로 나왔다.

"상건이 형?"

─어, 민호야. 촬영 중이지? 통화 괜찮아?

"괜찮아요. 지금 대기 중이라."

─다름이 아니라 이설이 첫 행사 스케줄이 들어와서. 오늘 저녁까지 확답을 줘야 해.

"진짜요?"

데뷔한 지 한 달 만에 잘나가는 아이돌의 상징인 행사 스케줄이 들어온다는 건 좋은 징조였다.

"무슨 행사인데요?"

─다음 주 수요일에 있을 마라톤 대회 전야제인데. 유명한 가수들 꽤 오나 봐. 조건도 좋아.

"그거 야외에서 하죠?"

─응. 시청 앞 광장 특설무대에서. 암튼, 오케이하면 되는

거지?

"아, 잠시만요."

민호는 대회 전날의 야외 행사라면, 날씨 확인이 필수라는 것을 깨닫고 휴게실 쪽에서 걸어 나오는 수도권 기상대 예보 과장에게 시선을 돌렸다.

태풍이 온다면 수락해 봤자였다. 행사 도중에 호우라도 내리면, 비 올 때의 세팅도 준비시켜야 하고.

"형, 뭐 좀 알아보고 문자 줄게요."

전화를 끊고 신동현에게 달려갔다. 신동현도 민호를 알아보고 인사했다.

"의사 선생님."

"의사가 아니라 촬영 중인 체험단이에요."

"그랬지, 참. 간호사분이 체험단 선생님께서 상범이 응급 처치를 훌륭하게 해줬다고 하던데. 맞죠? 상범이 대신해서 감사드려요."

"아니에요. 그냥 배운 대로 한 것뿐인걸요."

민호는 신동현을 찾아온 목적을 생각하고 바로 물었다.

"과장님. 혹시 유상범 씨와 태풍에 대해 의논해 보셨어요?"

"거의 다 하긴 했는데, 신기하게도 체험단 선생님의 의견과 똑같았어요."

그럴 것 같았다. 민호는 속으로 웃으며 물었다.

"화요일쯤 태풍 경로는 예측하셨어요? 말해 주실 수 있나요?"

"관측과의 최신 자료 갱신이 이제 막 끝나서 확인해 봐야 해요. 상범이가 갑자기 저렇게 발작을 일으켜 아직 의논을 못 했고요. 체험단 선생님께서 직접 보시겠어요? 노트북에 기상대 네트워크 세팅 끝내 놨어요."

"그게요……."

민호는 병실 쪽에 시선을 던졌다.

"잠깐만 얘기해요, 그럼."

드르륵.

나갔던 민호가 다시 들어왔다. 그사이 구석에서 검사를 유심히 지켜보던 정승기는 통신기에 속삭였다.

"지금 식도에 내시경 삽입 끝났습니다. PFO 확진이 나면 어떻게 됩니까?"

—뭘 어떻게 돼? 하 교수 진단 팀이 희귀 사례 하나 더 발견한 거지. 우리 쪽에서 정밀검진 받았으면 더 빨리 찾았어.

부교수라는 작자가 사태를 가벼이 여긴 발언을 하자 정승기는 속이 부글부글 끓었다.

단지 하우선 교수를 라이벌로 생각해 참여했을 뿐, 강민호 하나를 누르기 위해 AT엔터에서 조교수에게 큰돈까지 지급했다는 사실은 모르는 듯했다.

'태평하기는.'

민호의 뒤로 환자의 보호자가 들어섰다. 탁자 쪽으로 다가선 두 사람을 주목하는 이는 정승기뿐이었다.

'뭐 하는 거지?'

민호가 탁자 위에 놓여 있는 투박한 전자기계를 손에 드는 것을 목격한 정승기는 궁금증이 일어 슬쩍 다가섰다.

"이 온도계 유상범 예보관님 것 맞죠?"

"맞아요. 언제였더라? 한 십 년은 됐나 봐. 에콰도르에서 만난 NGO 아가씨가 예뻐서 열심히 도와줬더니 선물로 줬다고 하더군요. 그때 대시했어야 했다고 만날 후회야."

뭔가 두서없는 잡담을 중얼거리는가 싶더니, 이번에는 탁자 위에 있는 노트북 화면을 가리키며 말했다.

"일본 기상청에서는 경로를 한국으로 예상했나 봐요?"

"네. 이미 발표한 상황이라 우리도 저녁때는 자료를 돌려야 해요. 체험단 선생님의 의견이 궁금하군요."

"경로와 상관없이 내륙에 오기 전에 온대저기압화가 진행될 것 같긴 한데, 돌발성 호우가 문제 같아요."

"저도 그 부분은 동의해요. 그런데 잘 아시지 않습니까? 돌발성 집중호우는 예측이 까다로워요."

"아, 제가 잘 아는 건 아니고요……."

정승기는 기상관련 정보를 살펴보는 민호를 보며 뭐하는 짓이냐는 눈길을 보내지 않을 수 없었다. 이들의 대화에 오늘 촬영 내내 자신만 따라다니던 작가도 흥미가 생겼는지 시선을 돌렸다.

문채은이 검사하는 것을 지켜보고 있던 이희철이 고개를 돌렸다.

"민호 씨, 뭐 하는 거야?"

"보호자 분과 잠시 얘기할 게 있어서…… 방해됐나요?"

"아니야. 식도삽입 끝나서 초음파 검사만 하면 돼. 그런데 누구셔? 기상청 분?"

"수도권 기상대의 예보과장님이세요."

"그래? 민호 씨 기상정보도 볼 줄 알아?"

"어쩌다 보니까요."

"와, 못하는 게 없네."

이희철의 감탄에 VJ의 카메라가 모두 민호 쪽으로 돌아갔다. 대수롭지 않게 대답한 민호는 기상 자료 중 하나를 짚으며 말했다.

"과장님, 여기 몽골지역 제트기류. 북태평양 고기압이 밀고 들어오면 서울 지역을 중심으로 중규모 대류계가 형성되겠죠?"

"그럴 거예요. 4년 전, 추석쯤에도 이 비슷한 상황이 벌어져 난리가 났었어요."

삐빅.

─지금 무슨 이야기입니까? 증상과는 동떨어진 이야기 같은데.

삼원 병원측의 질문에 정승기는 목소리를 낮춰 대답했다.

"환자 직업이 기상예보관인데 강민호가 보호자와 대화 중입니다. 혹시 그쪽에 기상청과 잘 아는 분 없습니까?"

─기상? 이봐요, 승기 씨. 우리 의사야.

이 대꾸에 정승기는 팔뚝에 소름이 돋았다.

그렇다. 의사. 의학 지식에만 능통하리라 생각했던 강민호가 지금, 수도권 기상대의 전문가와 대등한 대화를 나누고 있었다. 무서운 것은 저 예보과장이 민호의 의견을 경청 중이라는 사실이었다.

'정말 프로게이머 맞아?'

민호가 손에 쥔 기상자료를 내려놓으며 말했다.

"그때와는 조금 달라요. 여기 보세요. 정체전선이 형성되려면 지속적인 수증기 공급과 불안정한 패턴이 나와야 하는데, 대류성 구름은 전부 일본 쪽에 밀려 있어요."

"그 말은……."

"집중호우가 온다면 일본 남부지방 정도겠죠. 저희는 조금 흐렸다 말겠네요."

"흠, 확실히 일리 있어. 일단 이걸로 저녁 보도자료를 돌려야겠습니다. 고마워요, 선생님."

"자꾸 선생님이라고 부르신다. 그런 거 아니라니까요."

"이름이 어찌 되죠?"

"강민호."

"고마워요, 강민호 씨."

예보과장이 휴대폰을 들고 급히 병실을 나갔다.

그 과정을 쭉 지켜보고 있던 정승기는 온도계를 만지작거리다 시선을 돌린 민호와 눈이 마주쳐 움찔했다.

"왜요, 승기 씨?"

"아, 아닙니다. 혹시 기상학과 나오셨어요?"

"대학 안 갔어요. 공부를 못해서."

'뭐, 뭘 못해?'

정승기가 신음을 삼키는 동안 초음파 검사 화면에 집중하고 있던 문채은이 말했다.

"난원공이 열려 있네요. 지름이 4㎜는 되겠어요."

"이겼다!"

이희철이 입가에 가득 웃음기를 띤 채 손을 들어 올렸다.

─결과 나왔나요?

정승기는 침울한 표정이 되어 통신기에 그렇다고 확인해 주었다.

난원공 개존증의 확진.

정맥의 탁한 피가 심장에서 정화되어야 함에도 구멍을 그대로 통과해 몸 곳곳에 혈전을 일으키는 것. 이건 정수장의 물탱크에 구멍이 발생해 하수도 물이 정화되지 않고 새어 나가 이물질이 수도관을 막아버린 것과 같았다.

몸의 혈관은 유기적으로 연결되어 있기에 이것으로 뇌동맥이 막혔다면 뇌졸중이 발생한다. 통신기 너머로 이 설명을 들은 정승기는 민호에게서 눈을 떼지 못했다.

'정체가 뭐야, 너?'

—우리가 먼저 예측할 것을. 너무 극단적으로 파고들었어. 승기 씨, 케이스 또 없데요?

정승기는 입술을 앙다물었다. 삼원 병원 진단 팀을 강민호 혼자 이겨 버린 이 상황이 그저 기가 막혔다.

통신을 끝내고 민호의 앞에 선 정승기가 퉁명스럽게 말했다.

"제가 졌습니다, 민호 씨."

"환자 치료하는 데 이기고 지는 게 어디 있어요. 이 증상은 치료가 그리 어렵지 않으니 유상범 예보관님 입장에선 무척 다행이에요, 그죠?"

"그, 그렇죠."

강민호의 이 물음은 노린 것이 분명했다. 승패에 집착하는 자신을 비꼬면서 시청자들에게는 점수를 따는 행위.

예능 방송은 처음이지만 자신감에 흘러넘쳤던 정승기는 한 방 크게 먹었다는 생각에 소름이 좀처럼 가시지가 않았다.

이희철이 민호에게 달려왔다.

"땡큐! 민호 씨 때문에 조기 퇴근이야. 이게 얼마 만인지."

"참, 희철 선생님."

"응?"

"매독 양성 반응 말인데요. 아까 예보과장님이 에콰도르에 환자분이 다녀온 적 있다고 하셨잖아요. 매독이 아니라 다른 병 아닐까요?"

"다른 병이라면……."

"악성 말라리아나 샤가스 같은. 남미 지역에서 자주 걸리는 잠복형 열병이 뇌염을 일으켰다가 치료된 거죠. 그러니 매독 치료 진행하기 전에 이 검사부터 해보시는 게."

"뇌 손상을 이전에 입었다는 말이구나. 그러면 확실히 간헐적인 발작이 깔끔하게 설명돼."

─지금 의견 낸 사람 강민호인가? 추론이 상당히 놀라워.

정승기는 그렇다고 대답할 기분조차 일지 않았기에 톡톡하고 'Yes'로 정해두었던 신호를 보냈다.

─조교수. 아까 하 교수가 강민호에게 기본급 플러스 펠로

우 월급 100% 제안했지? 그게 얼마야? 우린 거기서 50% 더 주고 데려오자.

─강민호 연예인입니다. 부교수님. 돈 잘 벌어요.

─연예인? 이런 미친. 의사하다 때려치우고 하는 거래? 그래서 우리 병원 치과 인턴도 연예인 하는 거고?

─그건 저도 잘……

이희철이 눈을 크게 뜨며 되물었다.

"아니, 그 짧은 대화에서 어떻게 그런 생각을 떠올릴 수가 있어?"

"하 교수님은 바로 아셨을 거예요."

"암튼 대단대단. 음, 민호 씨!"

"네?"

"이 의견 하 교수님께는 내가 말한 걸로 해주라. 식충이 취급 지겹다."

"그러세요. 저는 상관없어요. 보고하실 동안 여기서 환자분과 있어도 되죠?"

"그럼, 그럼. 채은아 갔다 오자!"

공을 대수롭지 않게 넘기는 겸손함까지 목격한 정승기는 아예 할 말을 잃었다.

48.
애장거탑-날씨와 건강 (3)

　오후 5시가 되자 하루 동안의 경험을 인터뷰하는 시간이 찾아왔다. '메디컬 24시' 출연진 모두 병원 입구의 벤치에 앉았다.

　첫 번째 인터뷰 주자, 정승기가 앞으로 나와 카메라를 마주 봤다.

　"오늘 하루 어떠셨나요? 소문을 듣자하니 10분도 못 쉬고 외래 진료 따라다니셨다고…….."

　"많이 놀랐습니다. 병원 일이 녹록치 않다는 건 알고 있었지만, 진단과 의사들이 그렇게 고생하는 줄은 몰랐어요."

　"이제 응급실 근무를 경험하실 텐데 각오가 있으시다면?"

　귓가에 자리한 통신기에서 삼원 병원 조교수의 말소리가

흘러나왔다.

─응급실에 오는 환자들 뻔해요. 똑같은 증세 똑같이 떠드는 거면 하나보다는 둘이 낫지. 이제 와서 솔직히 밝히는데. AN에서 다른 과는 몰라도 진단의학과는 알아주거든요. 거기 무시당하던 펠로우들 여기 오면 임상조교수 대접을 받죠.

책임 회피성 발언에 심기가 불편해졌으나 내색은 하지 않았다. 정승기는 인터뷰하는 작가에게 물었다.

"응급실에서도 강민호 씨를 따라다녀야 하나요?"

"아니요, 오늘 당직인 의사 선생님 한 분을 따라 움직이시면 됩니다."

"그럼……."

그가 각오를 말하려던 찰나였다. 병원 서관의 옥상에 있는 전광판에서 광고 하나가 흘러나와 벤치에 앉아 있던 출연진들이 웅성거렸다.

"저거 민호 씨 아니야?"

"맞네, 민호 씨."

피아노를 열정적으로 치고 있는 민호의 모습이 수 초간 이어졌다.

'SBC 수목 미니시리즈 사계절의 행운. 본격 로맨스의 시작! 오늘 밤, 9시 55분 그 결과를 확인하세요!'라는 예고편 자막과 함께 파리의 풍경이 이어지자 배우 임정원이 놀라서 물었다.

"민호 씨, 저 드라마도 출연해? 나 서은하 씨 완전 팬인데."

"카메오예요."

"피아노 장난 아니야. 다시 봤어, 민호 씨. 연기도 하는 구나."

"그냥 취미 삼아서 조금 친 것뿐이에요. PD님이 편집 잘해 주셨네요."

정승기는 등줄기를 타고 올라오는 서늘한 느낌에 인터뷰 도중이라는 사실을 잠시 잊어버렸다.

오래전, 하버드 입학을 준비할 때 클래식 악기 레슨을 받아 봐서 잘 안다. 방금 피아노 건반을 누르던 손길은 숙련된 연주자 그 자체였다.

'AT엔터 사장은 예측을 잘못했어. 평범한 준비로는 절대 저 괴물을 능가할 수 없어.'

"6시 30분부터 후반부 촬영이 있겠습니다."

출연진 인터뷰가 끝나고, 저녁 식사를 위한 1시간의 휴식 시간이 찾아왔다. 민호는 차가 밀려 이제야 도착했다는 최임혁의 문자에 응급실 쪽으로 향했다.

"전광판 광고에 나올 줄이야."

조연급 계약 체결한 지 얼마나 됐다고 예고 전면에 등장하다니. 촬영은 2주 후였으나 홍은숙 작가가 어떤 스토리를 짤지 모르기에 대비는 해야 했다.

'셰프라는 극중 직업을 위해 애장품을 알아봐야 할지도 몰라.'

시간은 충분했다. 정 안 되면 아버지에게 비싼 값을 지급해 대여해 볼 수도 있고.

생각을 정리하며 응급실의 입구로 들어서던 민호는 구급차 두 대가 연이어 도착하는 것을 보고 한쪽으로 비켜섰다.

"교통사고 환자입니다!"

이동용 침대를 밀며 구급대원이 빠르게 지나갔다.

'흉부 외상이네.'

두 번째 침대 위의 환자는 목에 보호구를 착용한 채 의식 불명이었다.

'저런, 에어백이 안 터졌나?'

최임혁의 애장품 때문인지 바로 따라붙어 응급조치를 취하고 싶은 욕구가 들었으나 마중 나오는 의사들이 있는 것을 보고 가슴을 진정시켰다.

그렇게 고개를 돌리던 그때.

끼이익.

민호는 응급실 앞쪽에 거칠게 정지한 '꼬마숲 어린이집' 차량에서 이십 대 중반의 여인이 뛰어나오는 것을 보고 시선이 고정됐다. 여인의 팔에 안겨 있는 꼬마의 입술에 검푸른 기미가 가득했던 것이다.

청색증. 몸 안의 산소포화도가 떨어져 나타나는 현상.

여인이 입구에 서 있는 민호를 의사로 착각해 달려왔다.

"선생님! 송희가 갑자기 가슴 쪽이 아프다고……."

"아, 그게요."

고개를 흘끔 돌려 응급실 안 상황을 살펴보니 교통사고 환자 때문에 다들 정신이 없었다. 야간 교대시간 직전인 터라 어수선한 틈에 5세 미만의 어린아이를 정확하게 봐줄 전문의도 없는 상황.

'어쩌지?'

가슴을 꼭 움켜쥐고, 눈물이 그렁그렁한 여자아이를 보고 있자니 도저히 가만히 있을 수가 없었다.

보통의 아이는 아플 때 소리를 내어 주위가 떠들썩하게 울게 마련인데 그것조차 없다는 건 상당히 고통스럽다는 것을 의미했다. 그러나 목숨이 위급한 상황은 아니기에 다른 의사라면 접수부터 종용하고, 우선순위에서 밀어낼 것이 분명했다.

민호는 어린이집 교사로 보이는 여인에게 말했다.

"제가 진료실로 데려갈게요. 접수하고 바로 오세요."

"네, 선생님."

아이를 넘겨받은 민호는 점자시계를 터치했다.

"괜찮을 거야, 송희야. 숨 한번 쉬어 볼래?"

"아파요……."

"여기 아저씨 손에 아주 조금만, 훅~ 불어봐."

아이가 가까스로 공기를 내뱉었다.

"옳지. 착하네."

목에 뭔가 걸려서 산소 포화도가 급감한 것은 아니었다. 민호는 아이의 등을 토닥여 주며 응급실 안으로 들어가 자리를 살폈다.

일반 치료실 6번 침대가 비어 있었다.

"간호사님, 여기! 도와주시겠어요?"

침대에 아이를 눕히며 간호사를 콜하자 두 명이 달려왔다. 민호는 응급카트에서 산소 호흡기를 꺼내 간호사에게 내밀며 말했다.

"호흡부전 증상이 있습니다. 심해지기 전에 산소 공급을 원활히 해줄 필요가 있어요. 그리고 소아과 호출해서……."

민호는 증가한 감각으로 아이의 심박수와 호흡수를 체크했다.

"4살 여아. 호흡수 40, 혈압 171 100. 빈맥양상에 울혈성 심부전이 의심된다고 말씀해 주세요."

간호사 하나가 호출을 위해 사라지고, 다른 간호사가 아이의 입에 산소 호흡기를 댔다.

주위를 둘러보던 민호는 교대를 위해 막 응급실에 들어온 의사 하나를 발견했다. 가운에 붙어 있는 이름표를 확인하니 인턴이었다.

'기왕 저지른 거.'

민호가 인턴을 손짓해 불렀다.

"박정웅 선생님!"

"네?"

인턴이 반사적으로 고개를 휙 돌려 6번 침대로 다가왔다. 민호는 신속한 응급처치를 위해 점자시계의 감각으로 얻은 정보를 빠르게 말했다.

"울혈성 심부전증세 환자. 중간기 수축기성 심잡음이 들려요. 확인해 보세요."

"알겠습니다."

선배가 시키는 진료 과정을 따르는 것에 익숙한 인턴은 곧바로 청진기를 들어 아이의 심장 근처로 가져갔다.

심박음을 체크하던 인턴이 고개를 갸웃했다.

"선생님, 저는 경험이 없어서 그런지 잘 모르겠습니다."

"박동 후에 'whoosh'하는 잡음이 있을 겁니다. 집중해 보세요."

"……과연, 들립니다. 이거였군요."

민호는 산소가 원활히 공급되어 안색이 한결 편안해진 아이에게 걱정하지 말라는 미소를 지어 보이며 슬쩍 뒤로 물러섰다. 고통이 가시자 초롱초롱해진 아이의 눈망울이 민호를 향했다.

인턴의 등 뒤에선 민호가 말했다.

"소아과 당직 선생님 내려오시면, 동맥혈 가스 검사와 흉부촬영이 필요할 테니 준비해 주세요. 이뇨제 처방을 지시하실지 모르니 20㎎ 정도 준비해 주시고요."

"네."

고개를 끄덕이며 아이의 상태를 살피던 인턴은 민호 역시 인턴의 복장이라는 걸 뒤늦게 깨달았다.

"어디 과에서 오셨는데 이리 잘 아시는…… 응? 어디 가셨지?"

산소 호흡기를 조작하느라 정신없던 간호사도 고개를 돌렸다. 민호는 이미 일반치료실을 벗어나 응급의학 과장실로 오르는 계단으로 이동한 상태였다.

똑똑.

"최 교수님. 강민호입니다."

"들어오게."

과장실의 문을 열고 들어선 민호는 최임혁과 함께 앉아 있는 한 사람을 보고 눈이 커졌다.

'채은 선생님?'

대결에서 이겼기에 조기 퇴근한 줄 알고 있었던 문채은이 고개를 돌렸다. 사복을 입은 그녀는 의사 가운을 걸치고 있을 때와는 달리 차갑고 냉정하다는 느낌이 전혀 없었다.

청바지에 흰 남방을 입었을 뿐인데 단아한 미모가 확 살아나는 느낌에 민호는 쉽게 시선을 떼지 못했다.

"저는 먼저 가볼게요, 교수님."

문채은이 최임혁에게 인사하고 문 쪽으로 걸어왔다. 그리고 민호의 앞에 멈춰 서서 물었다.

"민호 씨, 오늘 촬영에도 응급실 야간 근무 있어요?"

"네."

"혹시……. 야간 비는 시간에 케이스 선정 상담 좀 해도 될까요?"

"저야 상관없지만, 피곤하지 않아요? 어제도 밤새우셨잖아요."

같은 팀이었던 이희철은 이미 3시간 전에 사라졌다. 문채은은 입가에 살짝 미소를 띤 채 대답했다.

"또 언제 볼지 모르는데 도움받을 수 있을 때 받아야죠. 제가 야식 들고 찾아갈게요."

"그래요, 그럼."

문채은은 최임혁에게 한 번 더 고개를 숙인 뒤에 밖으로
사라졌다.

"앉게, 민호 군."

민호는 방 한쪽에 자리한 소파에 앉았다.

"채은 선생님이 여기는 어쩐 일로 오신 거죠?"

"퇴근하기 전에 종종 보고하거든."

"보고요?"

"자네도 겪어봤다시피, 하 교수가 많이 제멋대로잖아. 병
원 이사진들의 귀에 들어갔을 때 진단의학과를 날려 버릴 정
도의 사고라도 생기면 먼저 정리를 해줘야 하거든."

"아……."

최임혁이 웃으며 방금 나간 문채은을 가리켰다.

"문 선생이 자네 칭찬을 엄청 하던데? 오늘도 꽤 활약한
모양이야."

"하 교수님이 활약한 거죠. 아, 최 교수님도 도움이 됐
어요."

"내가?"

민호는 오늘 있었던 케이스를 간략히 설명해 주었다. 최임
혁은 고개를 끄덕이며 감탄했다.

"애장품을 들고 있는 환자는 과거 병력까지 살펴볼 수 있
다는 건가? 놀랍군그래."

탁자에서 일어나 민호의 반대편에 앉은 최임혁이 물었다.

"그나저나 문 선생 말인데, 아주 야무지지 않나? 이참에 문 선생과 좀 더 돈독한 관계를 쌓아 보는 건 어때?"

"돈독한 관계라면……."

"평생 공부밖에 안 한 숙맥이라 표현을 잘 못해. 척 봐도 자네한테 관심이 있어 보이더만. 왜? 지금 애인이라도 있나?"

의미심장한 눈길이 된 최임혁이 말을 이었다.

"문 선생은 분명 좋은 의사가 될 거야. 나는 자네와 함께하면 좋은 의사 이상의 무언가가 될 수 있다고 보네. 윤환이랑 함께하던 자네의 모친도 정말 대단했었어. 윤환이가 아주 꽉 잡혀 살 만큼……."

"돌아가신 어머니에 대한 이야기는 많이 못 들었어요. 아버지가 말씀을 잘 안 해주셔서."

민호의 어머니를 언급하던 최임혁은 순간 멈칫했다. 윤환이 당부했던 말이 떠올랐기 때문이었다.

최임혁은 얼른 말을 돌렸다.

"아무튼, 문 선생 좀 꼬셔봐. 참하고 예쁘잖아. 하 교수 밑에 있는 것만 아니었으면, 우리 병원 미혼 의사들 수십이 줄을 서서 고백했을 거야."

민호는 헛기침해야 했다. 서은하와 사귀는 것이 당분간 비밀인 이상 밝힐 수가 없었다.

"관계라는 건 천천히 쌓아야지 급하게 할 필요는 없다고 생각합니다."

"뭐, 자네나 문 선생이나 아직 젊으니까. 그래도 빨리 애기해야 할 거야. 침 흘리는 사내들 많으니."

일련의 잡담이 끝나고, 민호가 물었다.

"오늘 왜 따로 보자고 하신 거죠?"

"혹시 아침에 나 선생에게 건네준 회의 자료 봤나?"

"심장기형 환자요?"

최임혁이 문서 하나를 내밀었다. 민호는 환자의 기록을 훑으며 말했다.

"기형 때문에 심근경색까지 왔군요. 어린 나이에 안됐어요."

"보다시피 환자의 문제는 복합적이네. 선천성 심장기형 때문에 유아기에 수술했던 관상동맥에 문제가 생긴 데다, 심근경색으로 일부 심근에 괴사가 일어났어."

"좌심실류 재건술과 관상동맥 우회술을 하실 계획인가요?"

외과적 난이도가 까다로운 수술을 동시에 해내도 성공 가능성을 점치기 어려운 상황. 성인이라 할지라도 버티지 못할 텐데, 환자는 아직 14세에 불과했다.

"날짜는 확정 안 됐지만, 나는 이 수술에 자네가 참여해 줬으면 해."

"제가요?"

"수술은 제1수술실에서 진행될 거네."

이 말에 민호는 공간 자체가 유품화 되어버린 그 장소를 떠올렸다.

"AN 병원 심장 전문의들의 실력은 출중하지만, 재건술과 우회술을 동시에 경험해 본 의사는 한 명뿐이었네. 지금은 없는."

"하지만 저는 의사가 아닌걸요."

"자네 손으로 메스를 잡으라는 건 아니네. 어드바이저로 참여해서, 만에 하나의 상황에 대비해 줬으면 하네. 준비는 해놨어. 외국인 의사를 고용하겠다고 밑밥을 깔아 놨거든."

"그분 행세를 하란 말인가요?"

"교수들도 동양계 외국인이라는 정보만 알고 있어. 이름은 닥터 마이클 리. 수술 당일 날 마스크와 두건을 착용한 상태로 나타나면 감쪽같을 거네."

AN 병원 제1수술실.

지난번의 촬영 때 시간을 내서 만져보긴 했으나 길들이진 못했었다. 꿈속, 유품의 시험에서 만난 의사가 이런 말을 해 왔기 때문이었다.

-달아나는 생명을 온 힘을 다해 쫓아갈 생각이 없는 이에게 손을 빌려줄 순 없다.

누군가를 살리겠다는 욕망보다 애장품을 활용하겠다는 욕망이 우위에 있는 한, 제1수술실을 길들일 수는 없다고 판단했었다.

"제가 할 수 있을지 모르겠네요."

"나는 할 수 있다고 믿네. 사람을 살리는 일. 세상에 이만큼 아름답고 스펙터클한 일도 없지. 결정은 빨리해 줄수록 좋네. 못해도 한 달 후에는 수술 일정이 잡힐 테니."

최 교수의 방을 나온 민호는 매점에 들러 빵과 주스를 사 수술실 근처의 휴게실에 앉았다.

멍하니 빵을 뜯으며 제1수술실에 대해 생각하고 있는데, 옆에서 마음을 졸이며 수술 상황 모니터를 주시하고 있는 중년 남성이 눈에 들어왔다.

민호도 고개를 돌려 모니터를 바라봤다.

[김복희 : 수술 진행 중.]

[집도의 : 박주원.]

박주원은 장기이식센터의 신장이식 전문의였다. AN 병원에서 찾은 청진기 애장품을 가진 첫 의사였기에 민호의 기억에도 남아 있었다.

통상 4시간 정도 걸리는 신장이식 수술이 오전 11시에 시작되어 오후 6시가 된 지금까지 이어지고 있다는 건 꽤 장기전을 펼쳤음을 뜻했다.

딩동.

'진행 중'이라는 글자가 '회복 중'이라는 글자로 바뀌었다.

초췌해 보이는 중년 남성은 "여보, 꼭 무사해야 해"라고 중얼거리며 한시도 모니터에서 눈을 떼지 않았다. 그도 수술 시간이 길어진 것에 걱정이 한가득해 보였다.

"자기마저 가버리면 나도 못살아. 우리 아들 동수는 나중에, 아주 나중에 하늘나라에서 만나자. 지금은 제발……."

가만히 빵을 씹고 있던 민호는 중년 남성이 뒤이어 중얼거린 말에 울컥해져 자리에서 일어나고 말았다.

민호는 휴게실을 나와 복도 한쪽에 자리한 회복실 외벽으로 다가갔다. 점자시계를 터치해 안쪽의 상황을 들어 보았다.

―거부 반응 때문에 깜짝 놀랐습니다.

―조직 적합성이 떨어져서 그래. 말기 신부전이라 어쩔 수 없었지. 초급성은 아니니까 면역억제제만 잘 복용하면 괜찮을 거야.

안도의 한숨이 나오는 대화였다.

'수술은 잘됐구나.'

신장이식은 수술이 끝나고 마취에서 깨어났다고 바로 나오는 것이 아니라 전신 상태와 소변 배출 상황을 확인하고 나오는 터라 상당히 오래 걸린다.

민호는 고개를 돌려 휴게실 쪽을 바라봤다. 저 남자, 저녁은커녕 점심은 먹었는지 모르겠다.

'에라!'

긴 시간 동안 자리를 뜨지 않았을 것이 분명한 중년 남성에게 다가간 민호가 말했다.

"저기, 김복희 씨 보호자 되시죠?"

"네!"

중년 남성이 벌떡 일어섰다.

"수술 무사히 끝났다고 담당 선생님께서 먼저 전해달라고 해서요."

"감사합니다, 선생님."

"회복하고 확인하려면 2시간 정도 걸릴 거예요. 이거라도 드시고 숨 좀 돌리세요."

민호는 자신의 양손을 붙잡고 흔드는 중년 남성에게 아까 마시지 못한 주스를 건네준 뒤에, 황급히 휴게실을 벗어났다. 복도 끝에 다다라 주황빛이 어려 있는 제1수술실에 시선이 머물렀다.

'여길 길들여 최 교수님을 돕고는 싶은데 말이지.'

외벽에 손을 댔다.

묵묵부답.

단순히 환자의 처지가 안타까워 보여 도움을 구하는 것으로는 꿈쩍도 하지 않는 듯했다.

'별수 있나. 저쪽에서 거부하는데.'

그렇게 손을 떼고 야간 촬영을 위해 움직이려던 때였다.

─임혁아. 매듭 그 정도밖에 못 묶냐?

─이 정도면 괜찮지 않아요?

─너무 괜찮아서 환자 장기 다 삐져나오겠다.

팟! 하고 머릿속을 스치는 기억은 최임혁 교수가 새파랗게 젊었던 시절의 일이었다.

인체 모형을 앞에 두고 수술실 안에서 최임혁을 지도하고 있는 의사는 '이국철'이라는 이름표를 달고 있는 외과 전문의였다.

'전에 꿈을 꿀 때는 이름표도 못 봤는데.'

이국철이 최임혁의 뒤통수를 탁 때렸다.

─됐다. 너는 외과 말고 내과로 가라.

─왜요! 저도 선배님처럼 전설이 되고 싶습니다.

─뭘 전공하고 싶은데?

─심장? 간? 아무튼 저는 이 손으로 직접 환자를 살려내는

것이 좋습니다.

　－너 같은 무대뽀 인턴이 쓸 만해지게 지도하려다 내가 암 걸려 사망하겠다.

　－후후.

　－뭐, 사람을 살리는 일만큼 아름답고 스펙터클한 일도 없지. 열심히 연습해 봐. 외과의다운 손이 되면 내 비법 하나 정도는 알려 주지.

　－네, 선배님!

　최임혁이 손을 들어 올리고 다시 매듭을 묶는 연습을 시작했다.

　민호는 손을 떼고 벽에서 물러섰다.

　'연습? 익숙해지도록 훈련하란 거죠?'

　벽은 답이 없었으나 이국철의 유품공간을 길들이기 위한 일말의 암시가 나온 이상 해볼 만한 가치가 있었다.

　'최 교수님 애장품 한 달 정도는 계속 빌려 봐야겠어.'

　닥터 리가 되어 준다고 하면 최 교수도 아마 승낙할 것이다.

　응급실 근무는 여느 때와 다름없이 고된 시간의 연속이었다.

낮 동안 대결에서 패해 실컷 고생했던 정승기는 밤 10시부터 꾸벅꾸벅 졸기 시작했고, 이제는 이력이 생겼다고 자신하던 다른 출연자들도 새벽 1시가 되자 정신을 차리지 못했다.

민호는 2시간 간격의 교대 타임이 찾아와 의국의 휴게실로 향했다. 그렇게 응급실 복도를 걷다가 6번 침대에 누워 있는 아이에게 시선이 머물렀다.

'아직 있었네?'

지금은 입에서 호흡기를 뗀 채로, 입술색도 정상적으로 돌아왔다. 멀쩡한 얼굴을 보니 상당히 깜찍한 꼬마였다.

어머니로 판단되는 서른 초반의 여인은 밤새 간호를 했는지 아이의 손을 붙잡고 옆에 기대어 눈을 붙이고 있었다.

"아저씨."

"응? 뭐라고 송희야?"

"아까 송희 안아줬어요."

잠에서 깨어난 여인이 아이가 손가락질하는 방향으로 눈을 돌렸다. 아이가 엄마를 깨울 줄은 몰랐기에 들여다보고 있던 민호가 미안하다는 표정으로 꾸벅 고개를 숙였다.

"안녕하세요. '메디컬 24시' 촬영 중인 강민호라고 합니다. 송희 치료가 다 안 끝났나 봐요?"

여인은 VJ와 카메라를 확인하더니 이해하고 말했다.

"정밀 검사를 해봐야 할 것 같아서요. 문의해 보니 입원실 자리가 꽉 찼다고 해서 여기서 대기 중이에요."

"그랬구나."

아이를 염려하는 부모의 마음. 집에 돌아갔다 내일 와도 되건만, 많이 걱정되는 모양이었다.

"기다려 보세요, 송희 어머니. 간이침대 하나 빌려 올게요."

민호가 같은 조를 짠 인턴에게 낮은 침대를 빌려와 6번 침대 옆에 밀어 넣는 사이, 응급실 복도로 한 사람이 모습을 드러냈다.

"민호 씨."

문채은이 민호를 부르며 양손에 들고 있는 봉지를 흔들어 보였다. 민호는 그녀에게 손을 들고 말했다.

"채은 선생님, 잠시만요."

민호는 점자시계를 만져 송희의 호흡 상태를 체크한 뒤에 가까이 다가섰다.

"이제 자야지, 송희야. 내일 검사하려면 푹 자고 일어나야 해."

"아저씨 텔레비전에서 봤어요."

"날?"

송희의 말에 아이의 어머니가 "아!" 하고 놀라서 말했다.

"가끔 송희랑 예능 프로 보거든요. 그러고 보니 청춘일지

나오신 분이었네요. 침대도 그렇고, 고맙습니다."

"뭘요. 내일 검진 잘 받으세요. 송희야, 안녕."

민호가 인사하자 송희도 손을 흔들어 주었다. 복도로 나선 민호에게 문채은이 무슨 일이냐는 눈길을 보냈다.

"저녁에 실려 온 환자인데 청색증이 있었어요."

"심폐 질환이 있었나 보죠?"

"심장 쪽 문제일 거예요. 울혈성 심부전이 왔으니까."

"산소 포화도 감소군요."

두런두런, 두 사람은 증상에 대한 이야기를 활발하게 나누며 의국의 휴게실로 들어섰다.

민호는 소파에 축 늘어져 있는 정승기에게 다가섰다.

"승기 씨."

이 부름에 정승기가 눈을 부릅뜨며 절대 안 졸았다는 얼굴로 민호를 직시했다.

"뭡니까?"

"족발 가져왔어요. 같이 먹어요."

피곤해서 만사가 귀찮았기에 정승기는 고개를 흔들었다. 그러나 다음에 이어진 민호의 말에 정신이 번쩍 들었다.

"채은 선생님, 하 교수님께 올릴 새 케이스 말인데요……."

민호 옆에 서 있는 사복 여인이 문채은이라는 것을 뒤늦게 확인하고 소파에서 벌떡 일어선 정승기가 말했다.

"기다려 봐요, 일단 화장실에서 세수 좀 하고 오겠습니다."

정승기는 밖으로 부리나케 나가며 귓속의 통신기를 매만져 "일어나세요! 3라운드!"라고 짧고 굵게 소곤거렸다.

점자시계의 감각이 남아 있어 본의 아니게 엿듣게 된 민호는 속으로 혀를 찼다.

케이스 선정 때문에 왔을 뿐, 진단하는 과정은 전혀 없다는 사실을 말해 줘야 하나 고민이 들었다.

응급실 교대자의 휴식 과정은 방송에 거의 나오지 않기에 VJ들도 휴게실에 들어오지 않는다는 것도.

'저렇게 열심인데 의욕을 꺾을 필요는 없잖아. 나중에 모니터링 해보면 알겠지.'

"고마웠어요. 다음 촬영 때는 저녁이라도 살게요."

"채은 선생님이나 저나 그때 빵 먹을 시간이라도 있을지 모르겠네요."

"그건……."

민호의 반문에 어찌 보답할지를 고민 하는 문채은. 민호는 싱긋 웃으며 말했다.

"농담이에요, 농담. 저희 프로 이제는 인간적으로 식사시간 1시간씩은 챙겨줘요."

"아, 다행이다. 2주 뒤에 촬영이죠? 그때 꼭 대접할게요, 민호 씨."

"들어가요, 채은 선생님."

문채은이 손을 흔들고 로비로 들어갔다.

오전 9시. '메디컬 24시' 4회 차 촬영이 종료되고, 민호는 아침 햇살을 맞으며 동관을 나섰다. 꼬박 밤을 새웠더니 눈이 절로 감겼다.

'으, 눈부셔.'

비록 몸은 피곤하나, 품 안에 한 달의 대여를 허락받은 애장품 하나가 있다는 것에 뿌듯함이 일었다.

주차장에서 대기 중이던 공 매니저가 밴을 몰아와 민호의 앞에 섰다. 뒷문을 열고 자리에 앉은 민호에게 공 매니저가 비타민 드링크를 내밀었다.

"오늘도 수고하셨습니다."

민호는 공 매니저의 생기 넘치는 얼굴을 보고 물었다.

"맞다, 감기 괜찮으세요?"

"병원에서 주사 맞고 푹 쉬었더니 확 났습니다. 종합 병원이 좋긴 좋아요. 김 코디는 좀 더 쉬라고 집에 보냈습니다."

감기는 동네 의료원이나 종합병원이나 처방이 다를 바가 없으나 위약효과가 좀 생긴 듯했다.

"이제 수아 보러 집에 들어가실 수 있겠네요."

"그렇죠!"

활짝 웃은 공 매니저가 밴을 출발시켜 AN 병원을 빠져나갔다. 민호는 푹신한 좌석에 몸을 묻고 밤새 쌓인 피로를 달랬다.

숙소로 돌아가는 길.

아침 라디오의 음성이 막 잠이 들려는 민호의 귓가로 흘러들었다.

─가을 태풍이 북상하고 있습니다. 기상청에 따르면, 어제 오전 1시 괌 서쪽 약 910㎞ 부근 해상에서 제20호 태풍이 발생해……

"가을 태풍? 큰일이네요. 이번 주 민호 씨 팬미팅 시기는 피해줬으면 좋겠는데."

민호는 걱정하는 공 매니저의 말에 하품하며 대답했다.

"한국에는 안 와요. 다음 주 화요일 정도에 일본 쪽으로 꺾였다가 소멸할 거예요."

"그래요? 여기 기상 예보에는 그런 말 없는데."

"3~4일 두고 보면서 정확히 예측해 발표하려고 해서 그래요. 아직 오려면 일주일 정도 남았거든요."

"그걸 어떻게 아셨습니까?"

"어제 촬영 중에 만난 환자분이 기상 예보관이셨어요."

"오, 그런 우연이. 다행입니다. 팬미팅 행사는 무사히 치를 수 있겠네요. 참, 팬미팅 때 노래 한 곡 부르시는 건 어떠십니까? 잘 못 부르시더라도 정성을 쏟는 것만으로 팬들이 좋아할 겁니다. ……민호 씨?"

공 매니저는 민호에게서 대답이 없어 백미러를 흘끔 살폈다. 이내 라디오 소리를 줄였다. 밤샘 촬영의 피곤함에 눈을 감은 민호는 짧은 순간 무척 깊은 잠에 빠진 듯 보였다.

"고생 많으셨습니다."

민호가 저렇게 피곤할 정도로 방송에 몰입했다면 화면에 또 어떤 재밌는 장면들이 채워졌을지. 무척 기대되는 공 매니저였다.

———

Object : 기상예보관의 적외선 온도계.

Effect : 기상언어를 이해하고 분석하는 능력이 탁월해진다.

Relic space : AN 병원 제1수술실.

Effect : 외과분야 스페셜리스트의 기술을 사용할 수 있게 된다.(추정)

49.
스마트 피플 (1)

NTV '더 스마트 게임, 파이널' 특별 생방송 경연장.

"출연진 대기해 주세요! 5분 전입니다."

조연출의 음성에 세트장 뒤에 자리하고 있던 민호는 조용히 심호흡을 했다.

이곳은 방송에 대해 아무것도 모르던 시절, 동전의 능력을 확인해 보려 나왔던 퀴즈 서바이벌이 진행됐던 무대였다.

'이거 꽤 떨리네.'

민호가 긴장한 것은 생방이라는 환경 때문이 아니었다. 반대편에서 자신처럼 대기하고 있을 결승 상대에 대한 중압감. 그것이 컸다.

상대방의 심리를 귀신같이 알아채는 프로 도박사 백민수

는 수많은 회 차에서 단 한 번도 탈락자 선정 게임에 가지 않을 만큼 깔끔하면서도 무서운 실력을 보여줬다. 사실상 약점이 없는 상대.

수많은 카메라가 곳곳을−심지어 게임판 아래에서 위쪽까지−비추고 있을 무대 위에선 유품을 자유롭게 활용하기가 어려웠다.

"60초 남았습니다!"

민호는 아마도 운이 따르지 않으면 패배하리라는 예감이 들었다.

띠링.

[오늘 결승이라고 했죠? 응원할게요~♡]

한창 생방 스케줄급으로 드라마 촬영 중이라 정신없을 서은하에게서 문자가 왔다. 민호는 행운의 여신에게 좋은 소식을 들려주길 염원하며 휴대폰을 FD가 들고 있는 상자에 반납했다.

단 1석의 빈자리도 없이 관객이 빼곡하게 들어 앉아 있는 공개홀 안.

불빛이 밝아지며 무대의 모습이 드러났다. 총 8회전을 치르며 탈락한 출연진이 한쪽에, 게임을 위한 큰 테이블이 중앙에 자리한 모습이 카메라에 담겼다.

치이익.

음악과 함께 흰 연기가 분사되며 분위기를 돋우는 가운데, 오늘 간단한 진행을 맡은 정서연이 무대 위로 걸어 나왔다.

"생방송으로 펼쳐지는 더 스마트 파이널! 안녕하세요, NTV 아나운서이자 5회전에서 아쉽게 탈락한 정서연입니다."

패널들도 하나씩 일어나 인사하자 관객들이 손뼉을 쳤다.

"자, 그럼. 오늘 결승을 치를 두 분을 만나 볼까요?"

무대 뒤편의 대형 스크린으로 결승 진출자의 기본 정보가 떠올랐다.

[메인게임 우승 4회. 보유 골드 68개. 누적 평점상금 2억 3천.]

"젠틀한 게이머로 소문나셨죠. 여러분, 백민수 씨입니다!"

오른편의 문이 열리며 나비넥타이를 맨 중년 남자가 걸어 나왔다. 탈락자가 전부 일어나 백민수를 박수로 맞이했다.

[메인게임 우승 2회. 보유 골드 43개. 누적 평점상금 4억 7천.]

"요즘 방송가에서 다방면으로 활동하고 계시죠. 평점상금이 그 인기를 말해 주네요."

등장하기도 전에 관객석에서 술렁임이 일었다. 왼편의 문이 열리고, 세련된 슈트를 입은 청년이 무대 위에 올랐다. 강민호의 등장에 관객의 환호 소리가 커졌다.

백민수에게 고개를 숙여 보인 강민호가 테이블 반대편에

섰다.

"더 스마트 파이널은 결승 진출자들이 선택한 게임 2개씩, 총 4라운드로 진행됩니다. 만약 4라운드까지 승부가 나지 않을 경우, '특별 룰'에 의한 마지막 라운드를 진행하게 됩니다. 실시간으로 진행되는 평점 투표의 상금이 이번 결승에서는 두 배가 됩니다. 마음을 흔든 플레이어에게 지금 바로 투표하세요."

테이블 주변에 도우미들까지 자리하자 정서연이 외쳤다.

"첫 번째 게임을 선택하겠습니다!"

게임은 민호의 예상대로 순탄치 않게 흘러갔다.

백민수의 장기라 할 수 있는 카드 추리 능력과 카운팅 능력이 필요한 '베이커스트리트'에서 속절없이 당한 뒤, 테트리스 블록을 사각의 공간에 먼저 맞춰 점수를 내는 '카타미노'에서 가까스로 승리했다.

민호는 그가 택한 다음 게임, 트럼프 게임을 변형한 '세븐틴 포커'에서 패배해 2:1로 밀리고 말았다.

"백민수 씨, 다음 게임을 선택하시겠어요?"

정서연의 물음에 백민수는 여유 있는 웃음으로 민호에게 시선을 던졌다.

"민호 군, 왜 자네의 선택 게임으로 포커 종류를 택했나?"

"백 선생님께서 강점을 가진 게임에서 이기지 못하면 승산이 없다고 생각했습니다만, 결국 져버렸네요."

승부사의 면모를 보인 민호의 발언에 백민수는 이해한다는 표정을 지었다.

"좀 더 자신감을 갖게. 민호 군은 포커 플레이어로서도 충분히 소질이 있어."

백민수가 4번째 게임을 택하기 위해 테이블에 늘어서 있는 게임 목록패에 손을 올렸다. 그것이 지난 7회전에서 백민수 홀로 독주해 압도적인 우승을 차지했었던 전매특허와도 같은 카드게임이었기에 관객들까지 민호의 패배를 점치고 수군거렸다.

이른 승부를 걸었다 패한 민호가 어느 정도 마음의 정리를 끝냈을 무렵. 백민수가 싱긋 웃으며 카드게임에 올렸던 손을 '치킨 차차'라는 기억력 승부 게임으로 바꿔 도우미에게 내밀었다.

"나도 비슷한 생각을 했네만 지금까지는 실행에 옮기지 못했어. 결국 평점 투표 상금이 두 배 이상 차이 나게 됐지. 마지막까지 자네만 멋지게 보이게 할 수는 없네."

나이가 들어 기억력을 요구하는 게임은 힘들다고 내내 밝혀왔던 백민수가 뜻밖의 선택을 하자 관객들이 전부 '백 선생'을 연호했다.

민호는 백민수의 눈빛이 봐주려는 것이 아닌, 도전적인 눈빛인 것을 보고 한결 마음이 편안해졌다. 백민수 역시 승부를 즐기는 게이머이자 승부사였다.

"너무 걱정 마세요, 선생님. 선생님도 기억력 게임에 충분히 소질이 있으시니까요."

"후후."

민호와 백민수가 서로에게 내보이는 부드럽지만 진지한 승부근성이 대형 스크린에 클로즈업돼 고스란히 관객에게 전해졌다.

방송통제실 안.

총괄 PD 천상중은 한창 4라운드를 진행 중인 두 플레이어에게 시선이 머물렀다.

"정면 승부를 좋아하는 플레이어만 남아서 그런지 게임이 아주 깔끔해."

"시청자 게시판에도 두 사람 게임매너에 관한 이야기가 많습니다. 평점 투표는 확실히 강민호 쪽이 우위고요."

"실시간 시청률은 얼마야?"

"잠시만요, 현재 시청률은…… 10.5%입니다."

케이블인 NTV의 금요일 예능으로는 이례적인 수치였기에 통제실 안 스태프 모두 감탄했다. 그사이 4라운드의 승자가 강민호로 결정됐다. 승자 자막을 입힌 엔지니어가 천 PD에게 고개를 돌렸다.

"강민호 요즘 출연만 했다하면 시청률 대박 나고 있는 거 아세요? 어제 나온 공중파 드라마, 그거 20% 넘었잖아요."

"말도 마. 이젠 섭외하기도 어려워졌어. '더 스쿨' 한 번 더 출연 요청했더니 연말까지 스케줄이 밀렸다더라."

"퀴즈쇼 출연이 엊그제 같은데 엄청나네요. 소속사 빨인가?"

엔지니어의 말에 천 PD는 고개를 저었다.

"그건 아니야. 반짝인기를 얻어서 뜨는 연예인과 강민호는 달라. 본인이 갖춘 능력 말고도 누구와 붙여놔도 독특한 케미가 나오는 점이 커. 의도치 않게 시청자들이 재밌어할 그림이 자주 연출되지."

그런 의미에서 강민호는 8회 내내 기획 의도와는 전혀 다른 방송을 보여주었다.

개인의 이기심이나 욕심, 누군가에 대한 원한이나 복수심에 들끓어야 시청자들을 자극하리라 생각했던 천 PD에게 이번 결승 무대는 신선한 충격이기도 했다.

조연출이 모니터를 보며 고개를 흔들었다.

"그래도 오늘은 무리 같아요. 백민수 선생님 너무 강하셔. 6회였나? 하비 박이 연합해서 백민수 선생님 쳤을 때 있잖아요. 강민호 분명 그때 커버하지 말았어야 했다고 후회 중일 걸요?"

"글쎄⋯⋯."

화면 속 강민호의 모습을 유심히 지켜보고 있던 천 PD가 조연출에게 물었다.

"홍식아. 올해 초 히트친 '꽃보다 아저씨'가 얼마였지?"

"11.3%요."

"강민호가 우리 프로까지 시청률을 대박 낼지 한번 지켜 볼까?"

2:2가 되자 정서연이 바로 마이크를 들었다.

"더 스마트 최종 라운드! 마지막 결전답게 5라운드까지 왔네요. 특별 룰로 치러질 5라운드는 결승 진출자들의 지인이 함께 출연해 2:2의 대결로 진행됩니다. 자, 지인들 나와 주세요!"

백민수 뒤편의 세트가 열리며 스물 후반의 남자가 걸어 나왔다.

그를 비추는 스크린에 'S대 치의학과 출신, 아시아 포커 대회 준우승'이라는 자막이 떠올랐다.

"어서 오게나, 승기 군."

"오랜만에 뵙습니다. 스승님."

백민수 옆에 선 정승기는 '놀랐지?' 하는 표정으로 민호를 바라보았다. 이미 그의 출연을 알고 있었던 민호였기에 별 관심 없는 표정으로 눈인사만 건넬 뿐이었다.

민호 뒤편의 문이 열리고 걸어 나온 것은 의외의 사람이었다.

[래퍼. H대 경영학과 출신. 자칭 더 스마트 비쥬얼 담당.]

자막이 떠오르며 진큐가 1회 인터뷰 때 했던 괴상한 랩까지 배경음으로 깔리자 관객석에서 웃음이 일었다.

"민호 씨의 지인은 6회 탈락자인 진큐 씨였네요. 두 분 많이 친하신가 봐요?"

진큐는 어깨를 으쓱하며 말했다.

"이 친구가 제 실력을 높이 산 거죠. 온갖 디스전에 단련돼서 포커페이스거든요, 제가. 눈치백단 백 선생님을 상대하기 위한 최적의 멤버 아니겠습니까? 하하!"

의기양양한 표정으로 민호의 옆에 선 진큐가 '맞지?' 하는 눈길을 보냈다.

민호는 고개를 끄덕여 주었다.

'사실은 그 반대지만.'

더 스마트 참가자 중에 진큐만큼 감정이 그대로 얼굴에 드러나는 사람은 또 없었다. 본인만 그걸 잘 모를 뿐.

"치열한 승부가 펼쳐질 5라운드는…… 90초 뒤에 계속됩니다!"

중간 광고 시간이 되자 조명이 살짝 어두워졌다.

진큐는 민호를 돌아보며 물었다.

"민호야, 저쪽은 포커대회 준우승자잖아. 승산 있겠어? 백 선생님도 장난 아니더만. 3:1로 깨졌으면 나도 못 나올 뻔했다."

"위험을 감수하고 밑밥을 좀 깔아 놨어."

"밑밥?"

민호는 무대 아래 서 있던 김 코디를 손짓해 불렀다. 김 코디가 올라와 얼굴에 파우더를 찍어주는 사이, 민호는 김 코디의 손에 쥐어진 손거울에 얼굴을 비추기 시작했다.

그런 민호를 보며 진큐는 코웃음을 쳤다.

"이 와중에 화면빨 살피기냐?"

그러면서도 자기도 손거울을 기웃기웃 머리카락을 다듬는 진큐였다.

'됐어. 자연스러워.'

민호는 마지막 라운드까지 오게 되면 사용하려고 했던 작전을 위해 일부러 진큐에게 지인 출연을 부탁했다.

최대한 백민수의 강점인 포커류 게임을 진행해, 자신의

플레이스타일이나 블러핑 방식을 오해하게 하는 것. 거기에 손거울 유품의 능력으로 진큐의 어설픈 표정을 흉내 내는 것이다.

심리전의 대가에게 지금껏 보여주지 않은 심리전을 건다.

'내가 할 수 있는 승부는 이것밖에 없어.'

무대 아래의 스태프가 정서연에게 손짓했다.

"15초 남았습니다!"

일제히 조명이 들어왔다.

카운트가 시작되고, 마지막 라운드의 막이 올랐다.

주사위 블러프.

각자 5개의 육면체 주사위를 컵에 담아 흔들어 내려놓은 뒤, 자신의 숫자를 확인하고 나머지 사람들의 숫자까지 예측하거나 블러핑을 거는 게임.

진큐는 손 안의 컵을 슬쩍 들었다.

[1, 1, 1, 4, 6.]

이렇게 되면 총 20개의 주사위 중에 숫자 1을 가리키고 있는 건 최소 세 개 이상이라는 말이 된다.

"이 안에 1이 세 개 이상 있습니다."

첫 번째 차례인 진큐가 말했다. '시작은 안전빵으로'라는 기색이 그대로 드러난 그를 무뚝뚝하게 쳐다보던 정승기가 말했다.

"4가 네 개 이상 있습니다."

다음 차례 예측하는 사람은 어떤 숫자든 무조건 앞사람보다 높게 말해야 하는 규칙. 이것이 의심스럽다면 오픈을 선언하고 뒤집어 보면 된다.

아직 한 턴이 채 돌지 않았음에도 진큐는 조마조마한 심정으로 민호를 살폈다.

'뭐야? 얘는 표정이 왜 이래?'

상당히 긴장한 표정으로 백민수와 정승기의 눈치를 살피고 있는 민호는 평소의 그답지 않았다. 그런데 저 표정에서 누군지는 모르겠지만 아주 익숙한 분위기기 느껴져 진큐는 고개를 갸웃해야 했다.

예측 직전, 민호가 진큐를 보며 물었다.

"너 1이 세 개 있는 거지?"

"조용히 물어! 다 들잖아."

"의논 시간이라 마이크 꺼져 있어. 그리고 미리 말해 주든가."

투닥거리는 두 사람에 정승기는 무슨 꿍꿍이일지 의심의 눈초리로 민호를 바라보았다. 정승기와 눈이 마주친 민호는 순간 정색하며 말했다.

"6이 다섯 개 이상 있습니다."

한꺼번에 숫자를 올려버린 민호의 표정에는 미묘하지만 불안한 기색이 깃들어 있었다. 그것을 꿰뚫어 보듯 지켜보던 백민수가 말했다.

"오픈."

예측이 틀렸다고 선언하자 모두 컵을 들어 올렸다.

민호가 가진 주사위에 6이 무려 네 개가 나왔다. 진큐가 신이 나서 자신의 컵 아래 있던 주사위 6 하나를 가리켰다.

"대박! 민호, 너 6 그렇게 많이 들고 있으면서 왜 그리 긴장했어?"

"뭐가?"

"얼굴이 얼어 있잖아."

"너도 마찬가지야."

"아니거든!"

의심 실패로 가진 주사위를 하나 잃게 된 백민수는 조금 당황한 기색이었다.

백민수의 주사위가 줄어든 채로 새 턴이 시작되고, 민호의 차례가 왔다.

"5가 일곱 개 이상."

민호의 눈빛을 유심히 살펴보던 백민수는 전혀 모르겠다는 표정이 됐다. 분명히 불안하지 않은 척하고 있는 것이 맞음에도 그것이 거짓인지 진실인지 혼란스러웠다.

"오픈."

연속 두 번 의심하는 백민수. 이번에도 5가 나온 주사위의 총 합은 일곱이 넘었다. 시작부터 주사위 개수가 3개로 줄어든 백민수는 당했다는 표정을 지을 수밖에 없었다.

얼굴은 거짓을 말하고 있는데 실제로는 진실을 말한다는 것은 아예 표정을 읽을 수 없는 포커페이스와는 완벽히 다른 성향이었다.

프로 포커판이었다면 판을 뒤흔들 법한 기술.

승기는 여기서 민호 쪽으로 기울어 버렸다.

다음 턴, 진큐의 '안전빵' 예측이 실패해 민호의 팀이 주춤하는 듯했으나, 기세가 오른 민호의 플레이는 거칠 것이 없었다.

흥이 오른 진큐는 손을 번쩍 치켜들어 주사위를 흔들며 생각했다.

'강민호를 이길 수 있는 건 나밖에 없지! 정승기? 방송 초짜는 나님부터 이겨 짜샤! 백 선생님도 다음 기회를 노리십시오.'

10분 후.

민호의 주사위는 3개. 진큐는 2개. 백민수와 정승기가 각각 1개를 든 채로 새 턴이 시작됐다.

진큐 '2, 5', 민호 '1, 5, 6', 백민수 '1', 정승기 '4'.

테이블에 장치된 카메라를 통해 밝혀진 정보가 관객만 보이도록 무대 앞쪽 스크린에 떠올랐다.

진큐는 자신 있게 외쳤다.

"5가 둘 이상!"

주사위 4밖에 들고 있지 않은 정승기였기에 어쩔 수 없이 거짓 예측을 해야 했다.

바로 의심한 민호에게 정승기가 아웃되고, 이어진 턴에서 민호와 진큐의 협공에 백민수까지 하나 남은 주사위를 잃자 결승의 승자가 정해졌다.

종이가루가 휘날리고 진큐가 민호를 얼싸 안으려 들었다. 민호는 슬쩍 몸을 피해 백민수에게 정중히 고개를 숙여 보였다.

생방송 종료 후, 무대 뒤편.

백민수가 민호를 보며 물었다.

"설마 이 한 게임을 위해 8회전 내내 자네 게임 성향을 숨겨왔던 건가?"

"딱히 8회전 전체를 그런 의도를 갖고 참여한 건 아니었지만 비슷해요."

"하……."

백민수는 믿기지 않는다는 듯 물었다.

"자네 성향을 포커페이스라고 판단한 내 실책이었네. 연기가 대단해. 혹시 라스베가스 한번 가볼 생각 없나? 자네라면 월드 챔피언십 포커대회도 노려볼 만해."

"과찬이십니다."

둘이 무슨 얘기를 주고받는지 모르는 진큐는 그저 멍할 뿐이었다.

정승기는 포커에 대해 가르침을 받을 때 생전 칭찬하는 것을 본 적이 없는 호랑이 스승, 백민수가 민호를 극찬하자 며칠 전과 마찬가지로 등줄기에서 소름을 느껴야 했다.

토요일 아침.

민호는 저녁에 있을 집들이를 위해 눈을 뜨자마자 집 안청소를 시작했다. 진공청소기를 한차례 돌리고 물걸레로 거실 바닥을 뽀득뽀득 소리가 날 정도로 닦았다.

"룰루~"

바쁜 스케줄로 인해 다 정리 못 했던 짐까지 전부 자리를 찾아 들어가자 한결 환해진 것이 눈에 확 들어왔다. 침실과 옷 방, 넓은 거실과 부엌이 있는 이 오피스텔은 이전의 숙소와는 비교할 수 없을 정도로 넓었다.

"얼추 다 됐나?"

집들이 대접 요리는 공 매니저가 잘 아는 식당에서 배달해 오기로 했기에 따로 준비할 것은 없었다. 민호는 청소를 끝마치고 물을 한잔 마시며 진열장 앞에 섰다.

그냥 바라만 봐도 기분 좋은 수집품들.

유품과 애장품의 진열라인을 깔끔히 정리하던 민호는 황금사자상을 통해 새롭게 얻은 정보를 업데이트해 두어야겠다는 생각에 휴대폰을 들었다.

'직관적으로 정리해 두자. 급이 올라간다고 더 좋은 유품이라 정의하기는 어려우니까.'

오히려 원주인의 성향과 잘 맞으면 기본 능력 외에 더 다양한 지식을 활용할 수 있을 가능성이 컸다. 반지처럼.

〈유품 분류〉

길들일 수 있는 등급 : 은은한 색, 주황색.

길들일 수 없는 등급 : 붉은색, (더 짙은 색의 무언가?)

〈소장품 목록〉

-전문가 : 붕붕이, 취화정, 안경, 붓, 청진기, 손거울, 카세트테이프.

-제한시간 : 회중시계, 반지, 점자시계.

-무제한 : 동전.

-유아용품 : 젖병, 딸랑이, 강아지 인형, 신발, 오르골.

"이 정도면 됐고."

민호는 회중시계를 들어 얼마 동안을 볼 수 있는지 시간을 재 보았다. 약 4분 5초가량의 미래가 눈앞에 펼쳐졌다.

'좋아, 계속 늘고 있어.'

애장품 활용 능력의 성장은 MMORPG 게임처럼 명확한 수치로 경험치를 얻는 것이 아니다. 그래서 막연하긴 했지만, 다음 수준에 도달하기까지 그리 멀지 않았다는 생각이 들었다.

민호는 이 집 안 가득 애장품을 채울 그날이 오면 아마도 아버지와 비슷해지지 않을까 하는 희망에 부풀었다.

딩동.

집들이에 가장 먼저 문을 두드린 건 앞집에 사는 처자였다. 민호는 현관문을 열었다가 오소라 혼자인 것을 보고 물었다.

"소라야, 다른 멤버는?"

"모처럼 쉬는 날이라고 놀러 나갔어요."

"저런, 너는 안 따라갔어?"

"에이, 오빠 집들이하는데 한 사람은 참여해야죠. 이웃사촌지간에."

"고맙다. 역시 전우야. 듬직해."

어깨를 두드리며 안쪽을 가리키는 민호. 오소라는 반대편 현관 구멍으로 자신을 보고 있을 멤버들의 눈길에 등이 간지러운 것을 느꼈다.

오늘은 꼭 성공하라며 한 듯 안 한 듯한 화장까지 정성껏 해준 멤버들을 위해서라도 끝장을 보고 말리라 굳은 다짐을 했다.

"이건 집들이 선물."

오소라가 내민 건 상당히 고급스러워 보이는 양주였다.

"야, 나 술 못 먹는 거 알면서."

"맞다, 그랬지~"

입을 가리며 음흉하게 웃는 오소라. 민호는 현관문을 닫느라 그 표정을 보지 못했다.

"어쨌든 잘 마실게."

"정 그러면 집들이 온 사람들 대접하면서 쫙 돌려요."

모두가 돌아가고, 한 잔만으로 취해 버린 민호를 덮치는 건 손바닥 뒤집기보다 쉬운 일이었다.

거실에 들어온 오소라는 작게 감탄했다.

"남자 방치고 되게 깔끔하네요."

"이사 온 지 얼마 안 돼서 그래."

"뭐 따로 준비할 거 있어요? 도와드릴게요."

"그럴래?"

일부러 한 시간 일찍 왔기에 여유가 있었다. 오소라는 부엌에서 빈 그릇을 꺼내는 민호의 옆에 바짝 붙었다.

"내일 팬미팅 한다고 했죠? 팬클럽 창단도 하는 거예요?"

"그렇다고 들었어."

"팬미팅 때는 이런저런 장기 다 보여주는 게 좋아요. 오빠야 뭐 능력자니까. 참, 노래도 한 곡 불러주면 좋은데."

"그러지 않아도 이설이 노래로 듀엣을 할까 생각 중이야."

"진짜요? 한번 불러줘 봐요. 들어보게. 연주하는 건 봤어도 노래하는 건 들어본 적이 없네."

"나중에."

"오빠아~"

민호가 멈칫했다.

"너…… 애, 애교 부린 거야?"

"어땠어요? 요즘 연습 중인데."

사근사근. 나긋한 톤으로 대화를 건네오는 오소라는 평소의 시크한 모습과는 다른 매력을 뽐내는 중이었다.

"소라 너, 그러고 보니 분위기가 좀……."

"왜요? 어떤데요?"

이날을 위해 비싼 팩도 하고, 피부도 투명한 톤을 만들기 위해 잠도 푹 잤다. 솔직히 오늘만큼은 누구에게도 뒤지지 않을 자신이 있었다.

"청순해 보여. 아, 내가 잠을 덜 자서 헛것을 본 걸지도 몰라."

"오빠!"

"농담이야."

민호는 씻은 그릇을 천으로 닦아 오소라의 손에 들려주었다. 오소라가 거실에 깔아 놓은 탁자 위에 그릇을 올려놓고 돌아왔다.

"아이돌 매니아의 입장에서 진지하게 얘기하는 건데, 소라 너 섹시 콘셉트 말고 지금처럼 시도해도 반응 좋을 거 같아."

"매번 그 소리. 아이돌 매니아 입장 아니면요. 그냥 저는 어떤데요? 매력 없어요?"

갑작스러운 질문에 민호는 헛기침을 한번 하고 말했다.

"매, 매력이야 철철 넘치지."

"전우가 아니라 여자로요?"

"아, 음……."

민호가 어찌할 바를 몰라 하고 있을 무렵, 벨 소리가 울렸다.

"누가 또 왔네. 잠깐만."

오소라는 잽싸게 사라지는 그를 보며 고개를 흔들었다.

"이상하단 말이지. 유럽 다녀오면서부터 거리가 좀 벌어진 느낌이야. 이거 술밖에 답이 없나?"

현관 앞에 서 있는 건 윤이설이었다.

"이설아, 어서 와."

"민호 오빠. 더 스마트 우승 축하해요."

"봤어?"

"그럼요!"

오랜만에 본 윤이설은 변함이 없었다. 핏기가 없어 보일 정도로 하얗고 고운 피부에 그녀의 체구만 한 기타 케이스를 등에 메고 있는 모습은 여전히 인형처럼 귀엽고 예뻤다.

"집들이하면 이런 거 들고 가야 한다고 해서……."

윤이설이 양손 한가득 묵직하게 들고 있는 세제를 내밀었다.

"무겁게. 팔 힘도 없는 게 이런 걸 들고 와. 낼 모레 첫 행사 뛰어야 하니까 절대 무리하지 마."

"대표님 잔소리 한 달 만에 들으니 좋네요."

"뭐?"

'암것도 아닙니다~' 하고 눈웃음을 짓는 윤이설에게 민호는 안쪽을 가리켰다.

"들어가. 소라도 와 있어."

"소라 선배님도요?"

쪼르르 거실로 뛰어간 윤이설이 오소라에게 꾸벅 허리를 숙였다.

민호는 서로 인사를 나누고 있는 그녀들을 지켜보며 약간의 걱정이 들었다. 부른 사람은 많은데 하필 두 사람이 가장 처음 오다니.

오늘따라 도발적이면서도 은근히 청순해 보이는 오소라에, 보호해 주고픈 욕구가 잔뜩 드는 가녀린 윤이설까지.

이제는 아무하고나 썸을 탈 수 없는 몸이 됐다고 당당히 밝힐 수 있다면 좋겠으나, 당장 연예계를 떠날 생각이 아닌 한 그럴 수가 없었다. 이건 서은하도 마찬가지. 알아서 조심할 수밖에.

'빨리 아무나 와줘!'

민호는 새로 구입한 수저들을 씻어 건조대 위에 올리다가 거실에서 대화를 나누고 있는 두 사람에게 시선이 머물렀다.

걱정과는 달리 오소라와 윤이설은 자기들끼리 친근하게 대화를 이어나가고 있었다.

"첫 행사? 화요일 저녁이면 서울 마라톤이겠네?"

"네, 언니. 그렇게 큰 무대는 처음이라 좀 떨려요."

"행사는 음원차트 시장과 다르게 관객 호응이 전부야. 분위기를 확 띄워 줘야 행사를 주최한 담당자에게 '다음에도 불러라!' 하는 어필이 되거든."

민호는 귀를 쫑긋했다. 각종 행사로 단련된 펑키라인의 리더답게 관객들이 좋아할 만한 무대 매너에 대한 팁들이 이어졌다.

"의상도 톡톡 튀면 좋겠지만 기본 이미지가 있으니까 평소보다 조금만 더 과감하게 입어봐. 가만, 이설이 너 몸은 말랐는데 볼륨이 꽤 있잖아? 이거 남자들이 아주 깜박 죽……."

어느새 흐뭇한 표정이 되어 오소라의 코치를 듣고 있던 민호. 오소라가 그런 그에게 눈을 돌렸다.

"왜요? 도와줄 것 또 있어요?"

"아, 아니야. 계속해."

민호는 얼른 고개를 돌려 그릇을 정리했다.

"이설아, 행사 가면 몇 곡이나 불러?"

"두 곡이요."

"나는 이설이 네 노래 중에 '눈맞춤'밖에 못 들어 봤어. 혹시 빠른 노래도 있어? 타이틀곡이 템포가 느리면, 신나는 것 하나 정도는 해줘야 여러 관객의 호응을 이끌어 낼 수 있거든."

"빠른 건 없는데……."

"발랄한 느낌이어도 돼. 다른 거 한번 들려줘 봐."

윤이설이 기타를 들고 앨범 안의 노래를 이것저것 불러보기 시작했다. 거실 안에서 감성적인 윤이설의 목소리가 흘러나오자 민호도 리듬을 타며 어깨를 들썩였다.

잠시 후.

민호는 손의 물기를 털고 부엌을 나와 진열장으로 다가갔다.

지난번에 아버지에게 받은 카세트테이프는 주중 스케줄에 쓸 일이 없어 정작 사용해 보지 못했다. 시간의 여유도 있고, 가수가 두 명이나 거실에 있기에 잠깐 유품 테스트나 해볼 생각에 손에 들었다.

서랍에서 중고품 사이트에서 주문한 '마이마이'를 꺼내 카세트테이프를 넣은 민호는 이어폰을 끼고 [▶]버튼을 눌렀다.

잔잔한 톤의 피아노 반주와 드럼&베이스의 통통거리는 리듬이 어우러지며 올드 팝송이 흘러나왔다.

'누구 노래지?'

어디서 많이 들어본 멜로디였기에 민호는 콧노래를 중얼거리며 소파 앞에 앉았다. 오소라의 행사 선곡 코치가 끝나고, 막 기타를 정리하던 윤이설이 고개를 돌리며 물었다.

"오빠, 그 노래 비지스 것 아니에요?"

"비지스?"

"How Deep Is Your Love."

민호는 제목을 듣고 나서야 익숙한 멜로디의 정체를 깨달았다.

"어쩐지 많이 들어본 곡 같다 했어."

한국의 가수들도 수없이 리메이크했던 유명 곡이기에 이내 고개를 끄덕인 민호는 그럼에도 곡의 가사와 멜로디가 머릿속에 전혀 떠오르지 않는 것에 의아함을 느꼈다.

'어떤 식으로 적용되는지 모르겠네. 한번 불러 볼까?'

민호는 휴대폰을 들어 노래의 정확한 가사를 찾은 뒤에 윤이설에게 물었다.

"이설아, 이 노래 연주 가능해?"

"아마도요."

"잠깐만 해줘 봐."

윤이설이 코드를 잡아 부드러운 선율을 튕겼다.

민호는 이어폰에서 들려오는 멜로디와 비슷한 전주에 'OK' 사인을 보냈다. 그리고 목을 살짝 가다듬었다.

'원, 투~'

"Huu—"

민호의 입에서 귀에 속삭이듯 말랑말랑한 음역대의 화음이 튀어나오자 연주하던 윤이설은 물론, 옆에서 멤버들에게 문자를 보내고 있던 오소라까지 눈이 커져 고개를 돌렸다.

"—I know your eyes in the morning sun~"

곧바로 첫 소절이 시작됐다. 대화를 건네듯이 절제된 채 울리는 민호의 목소리는 단순히 노래를 부르는 것이 아닌, 즐기는 것처럼 편안하기만 했다. 음정 또한 한 치의 흔들림 없이 안정적이었다.

'이런 느낌이구나.'

민호는 속으로 고개를 끄덕였다. 막상 노래를 부르자 비록 가사는 모를지라도 곡의 감정이 고스란히 전해졌다.

아침 햇살 같은 눈을 가진 상대. 그 사랑이 얼마나 깊은 지, 그것을 자꾸만 노래하고 싶어지는 기분이었다.

민호는 이 유품이 음악적 지식은 더해주지 않지만, 노래를 부르는 가수 특유의 감성은 따라 할 수 있게 해준다는 것을 깨달았다.

"어땠어?"

두 소절 만에 노래를 끊은 민호가 윤이설에게 물었다. 윤이설은 양손 엄지를 척 들고, 계속 불러주기를 바라는 눈치를 보였다.

"소라, 너는?"

"오빠……."

오소라는 입을 떡 벌린 채로 민호에게 말했다.

"저희 다음 싱글 피처링 좀 해줘요."

"그건 진짜 가수한테 해달라고 해."

"여기 있잖아요."

민호가 윤이설을 가리켰다.

"우리 이설이?"

"어쩜, 내가 연습생 생활이 몇 년인데. 좋은 톤에 가사전 달력까지 훌륭하면 가수 해야죠. 이참에 가수 후배로 들어와요. 대우는 잘해줄 테니."

"됐어. 팬미팅 때 부르고 민폐 끼칠 정도는 아니라는 거지?"

"음……."

오소라는 곰곰이 생각해 보더니 손가락 하나를 들어 올리며 말했다.

"그건 한 번 더 들어봐야 알 것 같은데요? 이설아, 그렇지?"

"네? 네!"

속이 뻔히 보이는 그녀들의 행동에 민호는 피식 웃으며 카세트테이프에서 다음 가수를 찾았다. 그러다 '딩동' 하는 소리에 고개를 돌렸다.

"누구 왔다."

윤이설과 오소라의 얼굴에 아쉬움이 스쳤다.

민호가 현관으로 걸어가 문을 여니 큼지막한 플라스틱 박스를 양손에 쥐고 있는 공 매니저와 김 코디가 보였다.

"음식 가져왔습니다!"

박스는 밀봉되어 있음에도 감칠맛 나는 양념 냄새가 솔솔 풍겼다. 민호가 안을 가리켰다.

"어서 오세요, 공 매니저님. 어서 와, 시완아."

"손님이 벌써 오셨나 봐요?"

"소라랑 이설이요."

"아하."

공 매니저와 김 코디가 안에 들어서기 무섭게 초대했던 이들이 줄지어 방문하기 시작했다.

"민호야!"

"상건이 형. 여기예요."

엘리베이터에서 휴지를 한 아름 안고 있는 이상건이 걸어오는 것이 보였다. 그 뒤를 이어 사계절 밴드의 맏형님 심대휘가 아담한 화분을 하나 들고 따라왔다.

"물 대충 줘도 잘 사는 종류다. 까다로운 건 어차피 못 키우잖아."

"대휘 형님 식물 키우는 게 취미셨어요?"

"안 어울리냐?"

"아니요. 잘 키울게요."

인사를 나누는 동안 엘리베이터가 또 열렸다.

"민호 선배림!"

"오, 가람. 얌마, 너 살 더 쪘어?"

"오늘까지만 먹을 라고요. 큼, 이건 닭고기 냄새?"

"그냥 오늘부터 먹지 마. 철순아, 가람이 배 단속 잘해라."

"넵!"

게임단의 후배 가람과 철순까지 거실에 들어가자 벌써 복작거리는 소리가 가득했다. 공 매니저가 거실에 음식을 늘어놓는 동안, 민호는 현관에 늘어서 있는 신발을 정리했다.

"대충 다 온 거 같은데……."

딩동.

"서프라이즈~"

문을 연 민호는 복도에 있는 두 사람을 보고 움찔 놀랐다. 청춘일지의 걸세븐 멤버도 찾아온 것이다.

"하연아. 선화도 왔네. 스케줄 괜찮아?"

"괜찮은 사람만 왔어요."

구하연이 흘끔 거실에서 음식을 나르는 중인 오소라를 바라보았다.

"소라 언니가 톡방에서 꽁알꽁알 하다가 이제야 알려준 거 있죠? 민호 오빠를 독차지하게 둘 수야 없죠!"

"맞아. 우린 사명을 받고 왔어요."

"그, 그래. 들어와."

걸세븐 두 사람이 거실로 들어갔다.

민호는 턱을 긁적이다가 엘리베이터 쪽에서 초대를 보냈던 마지막 손님이 내려선 것을 발견했다.

"진큐야!"

민호가 손을 흔들자 진큐의 얼굴에도 반가움이 스쳤다.

"여, 우승자. 부자 됐다고. 한턱 크게 쏘는 거냐? 이사 축하한다."

"어서 와."

"이건 선물. 내가 광고하는 물건인데 품질 좋아. 나 별로 시간 없으니까 조금만 이따가 갈 거……."

집들이 선물로 인테리어용 블루투스 스피커를 내밀던 진큐는 현관 안쪽에서 신발을 벗고 있는 아이돌을 발견하고 눈이 휘둥그레졌다.

"구, 구하연이 왜 여기……."

"오늘 스케줄 없다나 봐."

진큐는 민호의 귀에 대고 작게 물었다.

"너 하연 양이랑 친하냐?"

"프로그램 두 개나 같이 했잖아."

"하, 부러운 자식."

"오늘 바쁘다고? 공 매니저님이 맛집에서 닭 코스요리 사 오셨으니까 그건 먹고……."

"안 바빠!"

진큐의 목소리가 커지자 구하연이 고개를 돌렸다. 눈이
마주친 그녀가 가볍게 고개 숙여 인사한 뒤에 거실로 들어
갔다.

진큐는 가슴에 손을 올리며 황홀하다는 표정을 지었다.

아침에는 그렇게 넓어 보였던 거실이 사람으로 가득 차 비
좁게 느껴졌다.

"소라 언니, 우리 다음 주에 비닐하우스 친다면서요?"

"그거 힘들대."

"이 집 요리 맛있다. 와이프 갖다 줘야겠어. 공 매니저님,
여기가 어디라고 했죠?"

민호는 왁자지껄 떠들고 있는 그들 곁에서 같이 웃고 떠들
며 유쾌한 한때를 보냈다.

"민호야, 네 후배 술 잘 마시네. 게임은 안 하고 만날 술만
푸나?"

"아, 아님돠."

술고래 심대휘 옆에서 우연히 함께 마시게 된 가람과 철순
은 원 없이 소맥을 들이켜고 있었다.

"가람이, 철순이는 적당히 마시다 가. 감독님한테 내가 욕
먹어."

민호는 맥주를 더 가져오기 위해 냉장고로 향했다. 새 접시 위에 음식을 담던 공 매니저가 민호를 보며 물었다.

"더 필요하신 게 있나요?"

"대휘 형님 옆에 빈 술병만 있어서요."

"저한테 시키시지."

"괜찮아요. 공 매니저님도 앉아서 드세요."

"이것만 담고 가겠습니다."

냉장고 문을 연 민호가 맥주병을 꺼내 양손에 쥐었다. 그 사이 공 매니저가 말했다.

"보통 연예인의 파티라고 하면 주로 활동하는 분야 쪽 사람들만 끼리끼리 모이게 마련인데, 민호 씨 집들이는 정말 특이합니다."

"그런가요?"

"그럼요. 저는 이게 다 민호 씨의 인복이라고 생각합니다."

민호는 거실 안에 자리해 있는 사람들에게 시선이 머물렀다.

한창 수다를 떨고 있는 걸세븐과 윤이설. 오늘 술을 먹고 죽자는 부류인 심대휘와 후배들. 이상건과 진큐, 김 코디는 배가 고팠는지 음식 섭취에 여념이 없었다.

지이잉.

휴대폰이 울려 병을 식탁 위에 올려놓고 통화 버튼을 눌렀다.

　─집들이는 잘하고 있어요?

　서은하의 음성이었다.

　"네, 지금 다들 와 있어요."

　─저도 거기 갔어야 하는데…….

　"다음에 또 자리 마련하면 되죠. 지방 촬영이라면서요? 조심히 찍고 올라와요."

　─아쉽네요. 거기 함께 계신 분들. 민호 씨가 그동안 방송 활동 하면서 마음을 열고 친해진 분들이잖아요. 저도 인사하고 싶었어요.

　이 말에 민호는 다시금 거실 쪽에 시선을 던졌다.

　'그런 거였나?'

　딱히 별생각 없이 초대했다고 생각했었다. 그러나 저 안에 있는 사람 중 함께 있는 것이 부담스럽다거나 어색하게 느껴지는 이는 단 한 명도 없었다.

　마음을 연 사람들이라는 것.

　─……보고 싶어요.

　그러고 보니 마음을 열다 못해 확 주어버린 서은하는 벌써 열흘째 목소리만 듣고 있었다.

　"저도요."

　─은하 씨 누가 보고 싶다는 거야? 민호 씨?

―어맛. 홍 작가님 언제부터 듣고 계셨어요?

―뭐야, 둘이 사귀어? 그때 성공한 거야?

―아, 아니에요! 민호 씨, 끊을게요!

달칵.

민호는 입가에 미소가 가득한 채로 휴대폰을 내렸다. 그러다 공 매니저와 눈이 마주쳐 헛기침하며 말했다.

"은하 씨는 못 온다네요."

"요즘 24시간 촬영하신다는 얘기를 들었습니다."

"네, 고생이 많은가 봐요."

대화를 끝낸 민호는 아무렇지 않은 척 병을 들고 거실로 향했다. 공 매니저는 다 왔는데 서은하만 오지 않아 민호가 섭섭해하고 있다 생각하며 웃음을 흘렸다.

밤이 깊어지자 하나둘 떠나기 시작했다.

일찌감치 취해 버려 몸을 가누지 못하는 게임단 후배들은 공 매니저와 김 코디가 바래다주려 데려갔고, 심대휘는 이상건이 부축해 방을 나섰다.

오소라와 윤이설이 부엌에서 한창 설거지를 하는 동안, 구하연은 휴대폰을 붙들고 발을 동동 구르는 중이었다.

"어, 엄마. 조금만 더 있다가…… 아, 알았어요."

구하연이 울상이 되어 김선화에게 고개를 돌렸다.

"언니, 가봐야 할 거 같아요."

"그럴까? 내일 스케줄도 있으니. 민호 오빠 저희도 이만 갈게요."

"응, 잘 가~"

구하연이 김선화와 함께 일어나자 진큐는 세상을 다 잃은 표정이 되었다.

"야, 강민호."

맥주 캔을 딴 진큐가 거실의 탁자 위를 정리하는 민호를 째려보며 말했다.

"요새 너무 잘나가는 거 아니야?"

"취했냐? 잘나가긴 뭘 잘나가."

"기사도 안 보나 보네. 쿨해. 아주 쿨해."

맥주를 한 모금 넘긴 진큐는 여태껏 처음 단체 잔을 들 때 받은 술을 입에 대지도 않는 민호를 보며 혀를 쯧쯧 찼다.

"너는 왜 술을 안 마셔?"

"집에 손님이 와 있는데 자 버릴 수는 없잖아. 한 모금만 마셔도 마구 눈이 감겨."

민호의 어이없는 주량에 진큐는 고개를 좌우로 흔들었다. 그러다 벽면 한쪽에 자리하고 있는 민호의 유품에 시선이 머물렀다.

"저것들은 뭐야?"

"취미."

"수집? 너는 취미도 참 요상해. 무슨 수집품이 기준도 없이 중구난방이야."

"다 의미 있는 거야."

"의미?"

진큐가 일어나 진열장으로 걸어가자 행여 건드릴까 민호도 따라붙었다. 진큐는 진열장 한편에 자리한 회중시계를 가리켰다.

"어? 이거 네가 계속 들고 다니던 거 아니냐?"

"맞아. 거기 좋은 기운이 있어서 부적처럼 들고 다니는 거야."

민호의 장난스러운 대꾸에 진큐는 말도 안 된다는 눈으로 쳐다봤다.

"나 스위스 자주 왔다 갔다 했다. 거기 가면 저런 시계 널렸어."

"못 믿네. 보여줄까?"

"웃기시네."

민호가 회중시계를 열고 주문 같은 걸 읊조리기 시작했다. 진큐는 눈을 부릅뜬 채 무슨 사기를 치나 민호를 직시했다.

"보인다!"

"보이긴 뭘 보여?"

4분간의 미래를 살펴 미리 취조에 대한 답을 들은 민호가 말했다.

"진큐 넌 오늘 아침으로 된장국을 먹었을 거야."

"그게 무슨…… 어? 그걸 어떻게 알았어?"

"점심은 레이블 식구들이랑 햄버거를 먹었지. 메뉴는 새우버거."

"헐!"

살짝 소름이 돋은 진큐는 설마 해서 물었다.

"너 나 몰래 우리 집에 블랙박스 달았지?"

"달았겠냐?"

"어떻게 한 거야?"

"좋은 기운이 있다니까."

"나도 줘봐!"

진큐가 회중시계를 손에 쥐더니 민호를 보며 말했다.

"너 오늘 아침에 토스트 먹었지?"

"굶었는데?"

"점심은 김치찌개? 순두부?"

"때려 맞추기냐?"

"댄장!"

진큐는 고개를 갸웃하며 회중시계를 넘겼다. 민호는 다시 그것을 진열장에 올려놨다.

"내가 맥주만 덜 먹었어도 트릭을 밝혀내는 건데. 매니저 이놈이 알려줬나?"

민호는 쿡하고 웃을 뿐이었다.

상을 치우고, 간단한 안줏거리와 함께 2차가 시작됐다. 민호와 진큐, 오소라와 윤이설이 식탁에 둘러앉았다.

"진큐 씨는 민호 오빠랑 어떻게 친해진 거예요?"

오소라의 물음에 진큐는 한참 생각하다 손가락을 튕겼다.

"라디오. 거기서 저놈한테 된통 당했죠."

"라디오?"

"음악여행이요. 그때 알아봤어야 하는 건데."

민호도 몇 달 전의 그때가 떠올라 말했다.

"진큐야, 나 그거 데뷔하고 첫 방송이었어."

"자랑이냐!"

진큐가 민호를 째려보자 오소라는 피식 웃었다. 그러다 벌써 시간이 11시라는 것을 깨달았다.

'이러다 작전 실패하겠어. 일단 진큐 씨부터 해결하고.'

오소라는 마음이 급해졌다.

"민호 오빠, 그거 마실까요?"

"그거?"

"아까 제가 가져온 거요."

"맞다."

민호가 찬장에서 양주를 꺼냈다.

"마시고 싶은 사람은 마셔. 나는 어차피 거의 못 먹을 테니까."

병의 라벨을 살펴본 진큐는 휘파람을 불며 말했다.

"오, 스카치! 맛있는 거네."

오소라가 마개를 열어 진큐에게 따라 주었다. 그리고 주스한 잔을 가만히 홀짝이고 있던 윤이설을 바라보았다.

"이설이 너도?"

"안 돼. 우리 이설이 술 못해."

민호가 먼저 선을 그었다. 윤이설이 호기심이 어린 눈으로 반투명한 액체가 담긴 병을 바라보았다.

"저, 이런 술 한 번도 안 먹어 봤어요. 한 잔 정도는……."

"이렇게 독한 건 안 먹어도 돼. 가볍게 먹을 거면 차라리 와인을 마셔."

윤이설의 말이 끝나기도 전에 민호가 세차게 고개를 흔들었다. 오소라는 잔을 하나 들어 윤이설에게 따라 주었다.

"너희 대표님 참 깐깐하셔. 알아서 해."

"캬~ 향 좋다."

이미 한 잔을 비우고 다음 잔을 채우던 진큐가 말했다.

"민호야. 다 큰 성인인데 판단은 이설 씨가 하게 놔둬야지. 저번 '더 스쿨' 촬영 끝나고 회식 자리에서도 그러더니. 연예인이 술 못하면 그것도 힘들어. 옆에서 이렇게 기분 좋게 취해 있는데 혼자 멀뚱히 있으면 왕따 당해."

"나보고 하는 소리냐?"

"그니까 너도 한잔해. 한국은 같이 술을 마시며 친목을 쌓는 반강제적인 문화가 있다고. 싫으면 프리 컨츄리 아메뤼카로 가버려!"

진큐는 벌써 술기운이 오른 듯했다. 오소라가 민호에게도 한 잔을 따라 주었다. 민호는 됐다고 손사래를 쳤다.

가만히 있던 윤이설이 잔에 손을 댔다. 어딜 가나 주스만 마시는 것도 그렇고, 이렇게 좋은 사람들이 많은 장소에서는 한 번쯤 마셔 봐도 괜찮지 않을까 하는 생각이든 그녀. 눈 딱 깜고 꿀꺽 잔을 넘겼다.

"아우, 써~"

"거봐."

민호가 달달한 포도 한 알을 윤이설의 입에 밀어 넣었다. 그것을 본 오소라도 한잔을 마신 뒤에 말했다.

"아, 쓰다. 오빠. 저도요."

"응?"

오소라가 눈짓으로 식탁 위의 과일을 가리켰다.

"술꾼은 알아서 챙겨먹어."

"쳇."

시간은 흘러 흘러 12시가 됐다.

"강민호, 이 따식이. 그렇게 잘났으면서 왜!"

양주병의 반을 홀로 비워버린 진큐가 해롱거리며 횡설수설하기 시작하자 민호는 대리를 부르기 위해 휴대폰을 들고 거실로 움직였다.

오소라가 진큐의 등을 두드렸다.

"진정해요, 진큐 씨."

"언젠가는 내가 이긴다. 꼭! 소라 씨도 깜짝 놀랄끄야. 내가 강민호 이기면."

"그래요, 무슨 일인지는 모르지만 꼭 이겨요."

"근데 구하연 연락처 좀 알 수 있으까? 내가 관심 있어서 그런 건 아니고 피처링이나……."

오소라는 진큐가 끝내 식탁에 엎드리는 것을 보고 회심의 미소를 지었다.

'이제 이설이만 보내면…….'

윤이설 쪽으로 고개를 돌린 오소라는 움찔 놀라고 말았다. 뺨이 확 붉어진 채로 고개를 좌로 기우뚱, 우로 기우뚱 하는 모습이 같은 여자가 봐도 귀여웠던 것이다.

"이설아, 취했어?"

"아니요, 아니요."

"같은 말 두 번 하네."

"그르게요. 헤~"

'헤?'

"언니이~ 아까 행사에 대해 자세히 말해줘서 무지무지 고마웠어요."

윤이설이 배시시 웃으며 갑자기 팔짱을 껴왔다. 소심했던 인상과는 달리 적극적인 스킨쉽으로 친근함을 전해오는 그녀.

'아…….'

걸세븐 멤버들과 펑키라인의 멤버들이 술을 먹었을 때 어떤 주사를 가졌는지 속속들이 파악하고 있는 오소라는 순간 위기감에 휩싸였다.

윤이설은 취하면 평소 순진한 모습이 사라지고 남자에겐 치명적인 애교를 부린다.

오소라의 팔에 얼굴을 부비부비하며 계속 웃는 윤이설. 통화를 끝낸 민호가 걸어오는 것을 본 오소라는 생각지도 못했던 문제에 봉착해 당황에 빠졌다.

"민호 오빠아~"

윤이설이 민호를 보고 식탁에서 일어났다.

"뭐야, 이설이 너 취했어?"

"그런가 봐요. 막 어지럽고 그르네요."

"발음도 꼬였네. 거봐, 독한 거 마시지 말라고 했잖아."

"헤에, 화내는 것도 멋있어. 하우디비즈유얼럽 또 불러 주세요!"

"얘 뭐라는 거야?"

오소라는 민호의 가슴에 부비부비를 시전하려는 윤이설의 팔을 벌떡 일어나 붙들었다.

"이설이 이대로는 못 가겠죠? 우리 숙소에서 재우고, 아침에 보낼게요."

"그럴래? 그래 주면 나야 고맙지."

"갈게요, 오빠. 이설아, 인사."

윤이설이 민호에게 허리를 숙였다.

"저 가요, 오빠~"

"응, 잘 가."

민호가 탁자에 엎어진 진큐를 부축해 일으켰다.

"진큐야. 대리기사 금방 온다고 했어. 주차장에 차 있지?"

"강민호, 너어!"

"왜?"

"내가 이긴다고!"

띠리릭.

민호 숙소의 현관문이 열렸다 닫혔다.

어쩌다 보니 바로 나오게 된 오소라는 자신의 팔을 꼭 붙들고 있는 윤이설에 눈길이 머물렀다. 강민호 주변에는 왜 이렇게 높은 산이 많은 건지.

"소라 언니이~ 헤헤."

해맑게 웃는 이 아가씨가 무슨 죄가 있으랴. 오소라는 오늘도 글렀다는 생각에 한숨을 내쉬었다.

"에휴."

to be continued

우지호 장편소설

빅 라이프

돈도 없고 인기도 없는 무명작가 하재건,
필사적으로 글을 써도
절망뿐인 인생에 빛은 보이지 않는데…….

어느 날,
그가 베푼 작은 선의가
누구도 믿지 못할 기적이 되어 찾아왔다!

'글을 쓰겠다고 처음 결심했던 때를
잊지 말게.'

무명작가의 인생 대반전!
지금 시작됩니다.

레벨업 어게인

LEVEL UP AGAIN

잘은 모르겠지만 과거로 돌아왔다.

최단 기간, 최고 속도 레벨 업, 노블레스 등급 클리어.
생각지 못했던 행운들에 시스템상 주어지는 위대한 이름,
앰플러스 네임까지.

모든 게 좋았다.
사랑했던 여자도 이젠 지킬 수 있을 것 같았다.

[앰플러스 네임 '빛의 성웅'이 성립됩니다.]

그런데 뭐냐. 이 요상한 이름은……?
나 그런거 아닌데. 아 진짜. 아니라니까요.

Wish
Books

내 안에 몬스터 있다

형상준 현대 판타지 장편소설

태양의 흑점 폭발과 함께 새로운 시대가 찾아왔다!

마나와 능력자, 그리고 몬스터가 존재하는 현대.
그리고 그곳을 살아가는 마나석 가공 판매업자 김호철.
평소처럼 마나석을 탄 꿀물을 마시던 그는
번개에 맞고 신비로운 힘을 각성하게 되는데…….

'내 안에서 몬스터가…… 나왔다?'

그것도 김호철이 먹은 마나석의 개수만큼 많이.